潜江诗群

（2016-2017）

黄明山 ◎ 主编

长江出版传媒 长江文艺出版社

图书在版编目（ＣＩＰ）数据

　　潜江诗群.2016-2017 / 黄明山主编.-- 武汉：长
江文艺出版社，2018.6
　　ISBN 978-7-5702-0180-8

　　Ⅰ.①潜… Ⅱ.①黄… Ⅲ.①诗集－中国—当代
Ⅳ.①I227

　　中国版本图书馆 CIP 数据核字(2018)第 011102 号

责任编辑：沉　河　　　　　　　　责任校对：陈　琪
封面设计：江逸思　　　　　　　　责任印制：邱　莉　　王光兴
────────────────────────────────

出版：　　长江出版传媒　　　　长江文艺出版社

地址：武汉市雄楚大街 268 号　　　　邮编：430070
发行：长江文艺出版社
电话：027—87679360
http://www.cjlap.com
印刷：武汉市首壹印务有限公司
────────────────────────────────

开本：640 毫米×970 毫米　　　1/16　　印张：20.25　　插页：4 页
版次：2018 年 6 月第 1 版　　　　　2018 年 6 月第 1 次印刷
行数：6317 行
────────────────────────────────

定价：49.00 元

────────────────────────────────

版权所有，盗版必究（举报电话：027—87679308　　87679310）
（图书出现印装问题，本社负责调换）

目　录

阿志的诗

藏

藏一把伞，在风和日丽时
全然不为预备下雨。为人间频发事故
能及时逃离地球表面
反向跳往太空

姐　姐

小时候逃课，你总掩护我
代替我请病假
你在地上画一个圈，我就站在那里面

你帮我买脆脆酥酥的兽形饼
你教我折会跳的纸青蛙
你摔掉我的小霸王游戏机
你把我输光的弹珠赢回来

你一头经典的齐肩短发
嘴角上扬时露出单边酒窝

你是姐姐
却比哥哥还挺拔

你用积攒的冰棒棍拼成扇子
扑打我帐子内的蚊虫

你喜欢看《流星花园》
我喜欢看《数码宝贝》
我和你抢遥控器
我要进化成战斗暴龙兽
反正你又不是我的杉菜

推算现如今
你已经为人妻为人母

我们很久没见面了

事实上，我根本没姐姐
你是我姐姐的衍射
做为家中独一的孩子
计划生育的拥戴者
以后找个老婆一定要像你

阿　祖

下午三点多
老贾背着行李
携未婚妻
前往四川旅游
留下房子空荡荡
交代我
这几天
照顾一下阿祖

阿祖是只内向的白猫
这位小祖宗
在他们没有小孩的同居日子中
一定充当了
某种被抚养的含义

我的出现
使它敬而远之
从落地窗的缝隙钻进阳台
再溜达到了楼梯间的窗台上

对小区业主来说
窗台是用来观测天气的地方
对那只猫来说

则更像是避难的地方

为什么是
一只猫，而不是
一朵猫

我抱起，阿祖顺滑的重量
喵～
心底的空虚寂寞冷
轻了许多

竹叶沙沙飘舞
猫爪本意起穿堂风，却引来
远处山雨欲来，风满楼
白云变苍猫
世事本无常

（选自作者博客）

捕灵的诗

备忘录

冷冻室藏了一罐头雪
打算寄给去年夏天那只蝉
青春里亏欠了很多
能还一点是一点

人间漂流

人间漂流
岔道很多
我躺着
祈祷从滚滚红尘
落到你手里

桃

想见一见那种
表皮一撕就掉毫不拖泥带水的桃

问问它
要如何才能
面对分离
决然得像不曾爱过

垃圾桶日记

十多天以后
对于墙外有什么
已经无人再提
彼此热衷于冷嘲热讽

烂番茄 VS 塑料瓶
香蕉皮 VS 碎纸屑
只有废电池最冷静

"都是垃圾
还争什么可回收不可回收。"

氢气球

只是一层橡胶
没关系的
我们安慰彼此
不去提我们并不是同一类气体这件事

先 知

从来没有见过海
却已经用它形容过了你的眼睛

我想应该也差不了多少
如果是你的话

元 宵

如果有一个节日以我为名
在这一天
像元宵必须吃元宵
中秋必须吃月饼
人们约定俗成地来爱我

张灯结彩
每个人都很开心
争先恐后拥抱我
亲吻我
说些甜蜜的话

这样，我想
你总没理由不过节吧

薛定谔的快乐

指示灯最近坏了
饮水机默默地烧水
默默地冷却
谁都看不出
它开心还是
不开心

追梦人

我哀求她至少留下点什么
梦回头看我一眼
撒下一片谎言离去

短途旅行

猫不像人
能连着睡七八个小时

睡一会儿
玩一会儿

就算梦到旅行

大概也只够短途

（选自微信公众号"捕灵者说"）

沉河的诗

忍　住

让我先把饥饿忍住
如果有所谓万古的悲伤
也连带着忍住
这无所事事的一天终得过去
尽管是他们欢呼的节日
呼吸声愈来愈小，直至
不敢呼吸。楼下快递员的喧嚣
将随着一声电动车的鸣笛
带远。世界在我的小范围
大致是安静的，尽管每个人
内心里都有大波涛
我写下一个个"福"字
整整一个白昼
等待墨迹干透。我
假装把它们送给某些人
可他们真的得不到幸福
我还是得忍住不哭
而不动声色

妻儿们已经睡了
我忍住翻身。在假睡中
进入真正的睡眠

2017.6.5

天命之诗

五十年后，他终于做到了
放走吸饱他血的蚊子
不让自己的手沾满自己的污血
五十年后，他终于适应与鼠为邻
那些垃圾成为它的美餐
也是一种好归宿
他不再拔掉一根杂草
也并非期许一朵野花相报
他会记起给养育的小石头浇水
尊重这些生长缓慢的老事物
它们亿万年的灵性

五十年后，他终于做到
不与任何人为敌，不与太多人为伍
也让不同的神在家里和睦相处
闻过尽量喜悦，闻赞表示感激
每天做点让自己欢欣的事
譬如抄经，譬如饮茶，吃家人做的

饭菜，问候远方的亲人，并试图
和孩子交心，不时关心下他的前程
慢运动，深呼吸。此为老天
给予其命　不错的赏赐

　　2017. 6. 11

贼 毫

　　在古代，每一次书写都会牺牲一些笔毫，再好的毛笔也
无法避免永不掉毛。书写者把这些准备逃跑的笔毫称为贼毫。

　　横不平，竖不直，一副无力的样子。它
　　减弱着多少费尽心机的力量，从集体中
　　被孤立出去，处于边缘状态
　　有着无法想象的姿势，诉说着
　　一个字的不甘与反抗。可它又创造了
　　多少神来之笔啊，在不该存在之处
　　意外地出现，在必须留墨处留下了空白
　　那些过分的粗犷，过分的细腻
　　都来自于它的不听使唤，它自己给自己
　　在纸上写下激情与意志
　　我对这些贼毫爱恨交加，在与之
　　艰难地斗争后，还是毫不留情地
　　清除它们。但我把它们集中放在某处
　　每每看着越积越多的贼毫，已区分不出

哪一笔是哪一根所为。笔越写越秃
那些永不逃跑的毫毛最终也有着
被丢弃的结局。而看着每一幅书写的字
我却越来越怀念一根贼毫，它好像构成了
内心里真正的美丽

2017. 8. 17

被闪电照亮的人

在我漆黑的少年时代，闪电是如此稀罕
我的前途依赖它照亮，再黯淡，再照亮
在一连串的闪电下，我完成了自我教育
雷声不再压迫心田，瘦弱的身躯开始坚强
一个在闪电下赶路的人，紧抱着书包
保护着里面显然比身体珍贵的书本
雨水很快洗净了泪水，双脚早赤裸着
扔下了沉重的套靴。如果不是风大，路滑
这个被理想鼓涨的少年就要飞奔起来
他本无所惧，比一颗遥远的星星还要干净
闪电离开了学堂，已经照亮村庄
那棵被劈过的老槐树伤疤显露，静默着
代人受过。我赶在最后的闪电光耀下
走进家门。把过去的自己丢在了外面
多少年后，想到自己曾是个被闪电

照亮的人，便渴望比漆黑更深的孤独

2017.9.2

（选自微信公众号"守界园"）

陈恳的诗

失落的钥匙

撬开车门，在轿厢尾部
找到一脸无辜的钥匙
这是确幸的一次。更多时候
你根本不知道它藏于何处
你试图捋顺生活之网——它
常常在不经意时自我打结
甚至戴上手铐或者枷锁
你锻打日子，流水，和铁
想要得到那把钥匙
某些时候，"智慧之树的果子"
就要落下来，当你
睁开眼睛，它却不翼而飞
你咬紧牙关，并强忍眼泪，突然发现
钥匙就在摇摇欲坠的泪光中

2017. 8

遥想父亲

寂静来临。看见无声中
等待神光降临的父亲
（他是一个内出血的影子）
我还没有准备好拥抱衰老的婴儿
没和母亲讨论如何安置
风吹歪的复合体
我的兄弟被猪油蒙了心，坐在
电脑桌前，荧屏一片荒芜
自留地的水杉无来由死了四棵
母亲从不嘱我挖掉它们
此刻，我伸出的双手无法握住虚空
只有镜中的儿子还在
安慰自己

2017.5

洗　澡

流水洗净我
洗净猪脑子、坏心肠、烂心肝
我不再是陷于泥淖的小人
我奉上肝胆，奉上
理想的肥皂泡，直面审问

16

——让现实分出左右
分出驴和象，萝卜与泥
水流过嘴唇，如饮招安之酒
但我无法招安自己
握紧所剩不多的洁净的词语
在默默中搓下污垢

2017.4

茶 饮

在一杯茶前，我低下头颅
不仅因其苦及苦后甘洌，还
因小小的身躯不忘舒展整个春天
这些年，我蜷曲如茶
写下的文字如同排出的苦水
却没有一个字能长出尖利的牙齿
噬咬死亡的外壳
它们卑微，笨拙，像单纯的舌头
舔舐伤口，结下一道道疤痕
饮茶如服药
当茶叶渐趋平淡，我把语言的残渣
重新倒入沉默之中

茶叶翻转
一个更大的空间在脑海形成

几近带有查拉图斯特拉的布道性：
"人是一条不洁的河，容纳它
而不致污浊，必须是大海。"
由此反思，我久居
谎言的城堡，聚集了太多幽暗之气
试想宇宙中亿万个天体
各就其位，各行其轨，即使
交叉亦不慌乱，碰撞也不至毁灭
如是，不妨定义为自由的伦理
不妨据此建构属己的精神世界

　　2017. 3

孤独的早晨

走在路上，我问自己：
选择什么？抵押什么？消解什么？
……没有回答。问即是答。
路过包子铺，听见砧板剁响的声音
像冰雪消融——我们是时间的碎屑
类似脚步走过。现时障碍是：粉碎
路过医院，低头看表：6：15，初春
应待在床上而不是大街——总是南辕
北辙。如果活着是从一个端点走向
另一个端点，希望是无限。为此

我在斑马线转了一小圈。

2017.2

（选自作者微信）

大头鸭鸭的诗

春天无所有

无非是阴晴不定
像一个人的忽热忽冷
无非是莺飞草长
荒蛮的地方更加蛮荒
春天无所有
花开花落
都身不由己
旧瓶添新酒
醉眼怼星空
无非是心底的嗡嗡声
春风吹又生
无非春水流啊流
而春天无所有

（选自《中国新诗》"中国诗歌排行榜"栏目）

诸神的桌球游戏

有的球被一杆打偏

成为彗星

或者流浪星

在银河系中

红矮星最多

它们的分值是 1

地球是 5 分的蓝球

木星是 6 分

诸神的球杆

在球台上逡巡

被击中的球

旋转着落袋

中袋或底袋

是一个个黑洞

（选自《诗潮》2017 年第 8 期）

一起去看长江水

泡在浑浊江水里的人

显然不是为了洗涤

石阶上，那么多人坐着

也不是为了围观

从江面上吹来的风

有湿润的气息
飘荡在我们的谈话中
江边的合欢树下
你说起心里正迷恋的那个男人
又能怎样呢？
爱其实是悲伤和无力的

火车轰隆隆地从头顶开过
谁知道它将奔向哪儿
生活也许另有出路
呈现在它销声匿迹的地方
你伸出手，那么小的小手

曾经把自己掏空
为了拯救一首诗
常常忘了拯救我们自己
"我好看吗？"
在公交车的最后一排
窗外的市井声与马达声
差点吞没了它

（选自《中国诗歌》2016 年第 2 期）

荡 漾

亲近水，在这酷暑

去投身河水，去裸泳

比如汉江和东荆河

泡在水里看落日熔金

云霞绚烂

我们肉身沉重

在荡漾的水波上我们

也无法像水波一样地荡漾

暮色从西来

视野里尽是些黑乎乎的块垒

从水里抽身出来

我们漫步沙滩

看皓月东升

如明镜，在川上照自己

天地间的黑变成了淡淡的蓝

我还不想穿上衣裳

幻想自己轻如鸿毛

晚风有多远，就把我吹多远

（选自《江南诗》2015 年第 5 期）

地铁上的姑娘我都认识

那个红唇皓齿睫毛夸张
喜欢扭头的姑娘
她涂改的容颜
是一种美。小家碧玉像株绿色植物
挂着耳机
两个身材同样小巧
都穿着牛仔短裤的姑娘
围着一根钢管窃窃私语
交换着秘密

戴眼镜的姑娘把头扎在手机上
那个纹了蝴蝶的姑娘
板鞋之上的身体像根弹簧
低 V 的姑娘生如夏花
而低调的姑娘，服饰上也含有
不动声色的匠心

这些姑娘我都认识
是的，整个地铁上的姑娘
我都认识。但我没和她们当中的
任何一位说话
现在我是个透明的玻璃人
在她们中间

像空气中的赞许
和拐弯时的摇晃

过了螃蟹岬、积玉桥
几个姑娘下了车
几个姑娘涌进来
地铁正在穿过长江
好姑娘那么多
你爱也爱不完。一个好姑娘
就够你耗去一半的青春
而青春又不像地铁
可往返着开

（选自《诗潮》2017 年第 8 期）

丁武健的诗

看　戏

戏　台

不搭台子

腔调就上不去

白脸，黑脸

得有一个亮相的地方

是一个台子

什么戏都能唱

看戏的不怕台高

唱戏的只嫌人少

耍花枪的

可能挑断筋骨

舞长袖的

也想鼓动风云

台高，台低

只要上得去

都会留下面子

看戏的不管台子

搭起来，或搭不起来
那是唱戏人的事
这个地方的台子拆了
还可以找另外的台子

戏　装

喇叭吹在云里雾里
把轿子当台阶
身价的馅包裹在皮囊之内
唱一口装腔作调
忸怩的东施被粉饰浇灌
台子上抹一层，炒烟的
味道，厚厚地释放出去
不管香臭，酸腐
总有追逐的蝶蝇迷失
方向，还拍手点首
世间的生存法则
都有无法褪色的壳
保护的伞，撑在高处
风必折之，撑在低处
又难免挤兑之嫌
翻手为云覆手为雨的本领
仍需台上三分钟
台下三年功的操练
一条苦河缠绵四季

流出一地潺潺的伤痛

戏　子

正席上的黄花
仍有昨日的妖艳
从一个枝头到
另一个枝头
保持绽放的姿势
喜欢摇曳
轻盈，和粗放
与本性无关
一朵黄花，不会
给春天带来痛痒
一盘黄花菜，却
可以吊起春天的胃口
从热锅上开始
看黄花，慢慢冷却
凉了的黄花菜
也是一盘黄花菜

戏　剧

一个难辨阴阳的界地
一个植入了款款深情和
拳拳恩仇的江湖
一个填满了是与非的老井

靠花脸、长袖演绎

不要挂上人生的马车

注定会有酸甜苦辣的辙痕

腮帮上淌下迷离的泪水

灌溉畸形的奇花异果

本是晴空朗朗大地清明

也要识出愁的滋味

让六月的怨雪飘洒

渲染一股高浓度的血腥

一瞬间，鼓乐的欢欣

突破重围长驱直入

悲与喜，离与合

咫尺天涯，明月弯弯

陷进去，暗无星池

走出来，天宽地阔

（选自作者微信）

丁香结的诗

做一个阳光的人

春天　擅摆阳光的盛宴
一场　又一场
路边被反复践踏的野草
也掏出了心里的绿

桃花　掏心掏肺地开
路过的人
没心没肺地笑

这季节不适合收藏阴影
抚纵横的沟壑　也不适合
提起远方

要学会入乡随俗
像所有春天的子民一样
披一件阳光的外衣
微醉　轻摇

章华台访古

无疑　我来得太晚了
繁华褪尽　故事已经散场
时间的沙漏从高处落下来
做着最后的掩埋

陌上花开　春风十里都不可相问
唯沟渠边散落的碎瓦　残杯　断烛台
这些来自泥土深处的小碎片
能告诉我一段旧时光

握着这些小碎片我就能唤出
放鹰台　打鼓台　荷花台　无名台——
把它们从泥土的深处扶起来　就像
扶起曾经无力倒下的细腰

楚曲悠悠　穿过古老的月光
抵达城楼上飘扬的旌旗
烛光下的美人摇曳生姿　腰间
挂满了沉醉的目光

我多想喊出被忽略的刀光剑影
马蹄声声　更远处摇晃的江山
和瓦砾破碎如哭泣的声响
隔着这道厚厚的时光

缓缓踏上章华台　我就越过了所有朝代
满眼的夯土黄　从那高高低低的图形里
我看出了千年前一朵白云
留下的脚印

满城飞絮

花非花　雾非雾
这突然飞来的一吻　让我不知所措

总以为春天还在郊外　安好如初
等着我去遇见　俯身说好

让一场艳丽的盛开
涤去心头点点陈迹

生命都有不可承受之重
都有跨不过去的坎和到不了的远方

满城飞絮　原来是你设下的
一场缠绵悱恻的告别

南门河

南门河刻在一块硕大的石头上

成为一个广场的标志　门牌
河水安静　伸手可以触摸到更多的流水
隐于花草　丛林

涛声此起彼伏　来自于人声音乐声
有人在丛林里练习鸟鸣
有人在空旷处模仿蝴蝶
翩跹起舞

高楼举出的重量与这里无关
我看到的生活很轻
如羽毛高悬于天空　如莲
绽放于水面

回旋风

故地重游　才知道
青春兑换的那盏美酒早已饮尽
一同举杯的人
如今也都各自天涯

这是一座因石油而生成的城镇
小到像是一个人的家
只是我不是野外归家的游子
我是一缕回旋的风

为消失的足迹

一遍遍抚摸旧时的道路
就像抚摸一个人的沉默
一座失了流水的高山

莞尔　恍如隔世
这一场重逢　久到
我忘了深情　忘了此刻之后的
再一次告别

　　（选自作者博客）

邓先忠的诗

刘　场

我说的刘场
有两家裁缝铺
旁边一家诊所
对面一个小卖部
就在 1964 年夏天
我们从诗海爹爹家里
搬出来
那天我拿着一个煤油瓶
牵着两岁的弟弟
走过小河子
到刘参凯伯伯家去住
我们要住的新家
还是刘场

2017. 6. 24

李大爷

姑且叫他李大爷
首先他年纪比较大
我也不知道他姓什么
感觉他长得姓李

他给我们楼道运垃圾
经常遇见
有时候很早有时很晚

运垃圾的板车
正好挡在楼道出口
我只好侧身而过
他抱歉地笑笑
一副不好意思的意思

李大爷好像是四川人
运垃圾有些年头
估计我们这一片居民
心里称他李大爷的人不少
或者称他张大爷

2017. 7. 1

皮　肤

皮肤富于弹性
越轻薄
越给人好感
我欣赏或排斥
皮肤的表面
在光滑的皮肤上一再滑倒
迷路的小蜜蜂
总是被香气所惑
皮肤的痒
以及一针见血
都不能触及我的灵魂
我已经
为美色左右得太久
这让我常常
被身段柔软的蛇
吓出一身冷汗

　　2017.7.10

肖长庚

肖长庚家里
有奶奶，爸爸妈妈，哥哥姐姐
两个弟弟一个妹妹

奶奶年纪已大
妈妈长年吃药
爸爸痨病
哥哥因为偷商店，判了 8 年
姐姐刚刚出嫁
婆家比他们家还穷

那年肖长庚 14 岁，读初二
下半年，他回到队里
参加劳动
他是家里唯一的劳力
回到队里的时候
我正在读高中

听说他开始很不受待见
作为一个整劳力
一天挣 10 个工分
也难怪别人，同样的活
他常常需要别人帮忙

到了第二年
肖长庚当了三组组长
一天 15 个工分
听说他可以挑 200 斤的担子
用铁叉举起一捆豆秸
比别人都能
那是 1976 年

肖长庚 15 岁
他不到 1 米 6
体重大约 90 斤

这些我都是听说
后来我出去读书，教书
再也没有留意和打听他的事情

大概 10 年以后
在熊口镇上
和他偶然相遇
他才 26 岁
却像 50 岁的人
而我在另一个乡镇教书
正在恋爱，还没有结婚

自那以后
再没有他的消息
不知他现在怎么样
算起来也是快 60 岁的人了

　2017. 7. 3

理发师傅

理发师傅是一个
风韵犹存的女人

她的发屋就在巷子里
她不叫理发师
像我这样的人都去找她
她手巧
三两下就把一头蓬乱
疲惫的头发
收拾干净
让街坊的老人和小孩
有一个体面的模样

2017. 6. 28
（选自作者微信）

工兵的诗

女　人

全身心地
爱一个女人
就是爱了世间
所有的女人

世间的女人
爱一个
就少一个

生　日

你手持钞票，面带
微笑，买了一只鸡
半斤粉条，还有
胡萝卜、鸡蛋、猪血
和酒。晚上有很多
朋友要来，他们
要祝福你，要弄一顿

热气腾腾的晚餐，还有麻将。
要事事让着你，即使你
喝醉了，也不要紧，要让你
高兴，让你相信
生活是有希望的，你是
幸福的，并且还要
幸福下去。27岁，你
还年轻，还有足够的时间
去把你曾经相信过的
那些美好，再重新
相信一遍

午　后

感冒还没有好，也许
还有别的病，生理的或者
心理的，藏在身体里
某个我不知道的地方。
浑身发软，所有的关节
仿佛都消失了，骨头
磨着骨头。睾丸隐隐
作痛。活着不是一件容易的事情
而腐烂也决不在一朝一夕，我趴在
办公桌上，对此确信不疑。

老婆手术后第 20 天

除了性、习惯、距离
和轻微的爱
一定还有某些我不知道的
原因，让你越来越白皙
越来越干净，一直到
透明，被湿润的光芒由内而外
逐渐照亮。从一个妻子
变成一个情人

六根三个月前的烟

六根三个月前的烟
已经受潮
并排在黑色的小板凳上
被这些干净的
冬日下午的阳光
慢慢晒干
我坐在旁边
看着它们
和它们身上
缓慢移动的光线
一根一根地
将它们抽完

新　的

新的号码，只有两个人知道
新的发型，根根向上
新的皮夹，让你看上去不再臃肿
新的裤子，发出沙沙的摩擦声
而新的皮鞋，则让你步履轻盈
下一步几乎就要
飞起来，脱离地面
身体内部的细胞水分充足
上下通畅
并将你的脸照亮
你从十字路口经过
听见内心的笑声
哦，神
好日子仿佛就在前面
就是眼前的
阳光、车辆和行人
每个物体
都待在它们
应该待的地方

（选自《南方文学》2017 年第 4 期）

龚纯的诗

晚　晴

梦到水是蓝的。梦到一个句子：
五十个人和燕子。
梦到艰辛地沿着河道返回家乡，经过漫长的跋涉，河道
　　变成蓝幽幽的铁轨。
五十二岁了，满头雪白。站在树林前对自己表白：
我孤独的旧爱，我已从遥远的地方回来。

白云成群

一整个下午坐在窗前，无来由地
为成群的白云
感到喜悦。

这一带住着这个国家的穷人
这一带还有
种植庄稼的田野

多么需要仰仗白云，才存在着一个悠闲的世界

枇杷小镇

自昨夜起，风凉了。
秋虫在近处
也在远处哀泣。
月光陡峭，而大陆平缓。
我感到我穿过了危险的生活，大部分文字生涯
已悄然度过。
我没有与谁相遇，除了天有暇年去看故人的故居
死者的坟墓，在方泾桥上站立。
顽固的脑袋交给谁欣赏
只有一支遥远的叛军需要它，将它埋入
树林。
从窗口望出去，枇杷小镇
迎来了秋天的树枝
已然垂悬，茂密的，孤独的
果实。

永定河桥上的告别

暴雨新来，正好落在桥头
两个告别的人之间，因而一方得到一把可以存放
久远的雨伞（当然这属臆想和妄念）；
或者一段亲密关系
终结于人生的骚年——而那一头

或这一头爱的源流到了弥留之际
还在继续；或者他再无望等到她的到来
只把要说的话永远地放在肚里——我父亲的骨灰
被我抱在怀里冷却；或者一名年轻的妇女
仍然给她不爱的丈夫带来他爱吃的甘蔗，他们
临别之时，在一起翻看相册——发现他们站在
死人们中间，他年轻，英俊，她温顺，无言，跟他
第一次回家——两个人的衣服洗在一起
挂在晾衣绳上，多么甜蜜，仿佛会永远这般
获得心灵的安宁——啊，暴雨新来
在告别的时刻，像做最后的善行。

怎样的感觉

现在，落日即将来临
但还摇晃在三四点方向。
整座城市的高楼已显得匆忙
被贴在路牌上。
不如人意的人此时仍思考着不朽，尽管悲伤
又来瓦解它。
他不信世界是由种种肉体构成的
它们也不是永恒的光源。
处于同一宇宙中，远处的石头
在退热。
走在前头的龚一，大同世界诗人一般笑着
减轻了愤怒。

一个人在另一个人心中的形象

那天，我第一次去到一座旧城
市府新楼有着初夏的宁静。
蓬勃的合欢树占据了整整两条街道。树下
清洁工收走如画的落英。
我身体里，驻有古典诗人的全部狂热
和狂热的痛苦
然而看起来从容又平静，就像去看望旧友
在平原上生儿育女。
大片大片美丽的麦田，在火车面前被割倒
我正是以血肉之躯，哀悼着
离开人间胜境。

哭　腔

突然想起江汉平原曾有一种令人
荡气回肠的哭腔。
离世的人被放在门板上，哭丧的人远远而来
也许是出嫁的女儿，或者是年迈的
姑妹，跪地而诉
抚柩而哭，直至坟墓。
有时听得入神，觉得这是人间最好的音乐
和人类情感的光辉圣殿。
现在，这种情景很难再现，很少有人会拖着

宛转的长腔，对亡人诉说遭遇。
人们大约已肉身倦怠，审美疲劳，情感深度也不配
这种动荡肺腑的技艺。
昨夜，我看到一两处祭奠逝者的鬼火
火舌翻滚，没有一丁点声音
——很快，我们就结束了与离去的人各种联系。

在楼上看见一人独坐河边

住宅旁，一家人正掀翻自己的屋顶
锤砸门窗，看样子他们
要重建自己的家庭。看他们种的海棠
腊梅都未著花，月季
还像往常那样摇晃，不像玫瑰那样
曾诉衷肠。
就是说，某种形式的坍塌正在发生无可慰藉
没有尺寸的灵魂。
——孤独很快就出现在家中。当然，孤独
也有孤独的蛮横，与虚荣。

天堂寨

骄傲的群山，抗日队伍曾在那儿打游击
大批理想青年死去，变成数字。
如今，他们在那里挖掘山石，轰炸山头
空气中飘着烤石头的气味。
走出山区的乡民，再无幼年时石灰标语

革命口号可记。他们在房子里赤裸行走
但他们压根儿就没有房子。
他们成天接触石灰，水泥，小个子石头
但谁也无法说清它们曾组成怎样的山峰
与石壁。这世界经历最杰出
最无情的改变，在建最好的天堂寨
——那逝者的故里，英雄化成灰的省份。

在小酒馆

那日，我从苏北回来。那日是 2016 年
8 月的最后一天。
我还记得同年的另一个日子，6 月 18 日夜月明，听
屋前屋后灰喜鹊、腊嘴、䴔割鸟、苦恶鸟清澈交错而鸣
至亲之人尚有二妹远在粤西
22 时 36 分，父亲离世。20 日午间，在村东新坟前
烧掉他喜爱的东西，但留给他常用的收音机
家里的一串钥匙。
自此之后，众亲之中，无人牵念我的诗句
自此之后，走在田野里，会想到为数众多的永别
寂寞袭来，令人战栗。
我从异乡的窗户后面退出来了，一如从孤苦与
秘密中挣脱。现在，哪怕太阳和星星破裂
我也可在小酒馆独坐
将无可告慰的日子悄然度过。

（选自作者博客）

关爱斌的诗

雨

每一场雨都是蓄谋已久的
我们低头赶路
无暇揣摩
每一朵云的心思

这更接近于一次奋不顾身
的倾诉
我们撑开伞
或委身屋檐
无意做一个客观听众
雨不停地下
不轻易仇恨
也不轻易原谅

家乡话

很多时候
它就像潜伏在舌头底下

的一只小狗
我正用半吊子普通话
竭力表达
它突然冲出来
吓人一跳
我和对方同时愣住
不知如何收拾
纷乱的残局

不知什么时候起
回到家乡
说起家乡话时
总有僵硬的普通话
掺杂进来
如同白芝麻中的黑芝麻
怎么拣也拣不干净
我瞬间陷入巨大的尴尬
和羞愧

吃甘蔗

有人送给我，一支
刚刚收割的甘蔗
它摇曳多姿
颀长，甜蜜，不可抗拒

迫不及待地

脱衣，削皮

从根部下口……

如今，一支完整的甘蔗

已嚼掉大半

我越来越觉得

我的牙齿

在和一截蜡烛

较劲

父亲的庄稼

他一定不知道

今天是父亲节

被祝福的人群里

应该有他一席之地

电话中

过多的雨水

让他抱怨丛生

三番五次补种的黄豆

榨干了他的汗腺

和钱袋

我说种不动就不种了

没钱张口

有我

四十多年前种下的籽

如今该收获了

风也好雨也好

都奈何不了你的

这棵

铁

杆

庄

稼

拜见岳父大人

第一次拜见你

是腊月三十的晚上

汉南河边

你的家低矮　碧草青葱

我这个不速之客

一定让你十分意外

一见你　我纳头便拜

你不发一言

将我拒之门外

我不以为意　恭恭敬敬

逐一奉上白酒　香烟

一长串噼啪作响的问候

依稀记得　以前见过你

那时你的家在大队的一片菜地中
二米多高的纪念碑朴素

玻璃窗里镶嵌的一张彩照
你一身戎装　英俊威武
我情不自禁
向你敬了个并不合格的军礼

再往前
三十七年前
那场专门为你举行的集会
十里八村的人都来了
那么多人流泪　饮泣
十来岁的我
远远地望着　不知所措
突然间陷入了不能自拔的
哀伤

　　（选自作者博客）

关伯煜的诗

曹禺戏楼

我曾经的实习生兰子君
和当家花旦吴珍珍
围绕荆州花鼓戏
侃侃而谈
我在一旁闷头抽烟
陈导已经喝下几杯红茶

在他们中间
我不知道说一点什么
阳光很耀眼
鞭子一样抽在我身上
鞭策我不停奔走
从江汉路到东风路
从章华中路到袁杨路

我想和这座小城谈一谈
其实我向往古人的生活
要么挑水

要么砍柴
只是我无法停下脚步
总在挑水的时候想到砍柴
在砍柴的时候想到挑水

我们需要做到的就是
在挑水的时候挑水
在砍柴的时候砍柴

雨　夜

在这样的一个夜晚
听雨声
由弱小到强大的过程
一个人
玩弄着文字
一些陈年的雨水
漫溢而出
敲打窗户
其实在我们玩弄文字时
也被文字玩弄

云集路

在云集路上行走
落叶们纷纷起身

相互交谈
大家把酒言欢
相见恨晚

在云集路上的酒馆里
每片落叶都是性情中人
秋天之后
多少豪言被铭记
多少承诺被遗忘

一生中走过很多路
总会遇见一片落叶
需要用一辈子的时间
让落叶飘下

（选自作者博客）

关圣章的诗

在人民医院门前

雨落下来，人们出出进进
我和父亲共打一把伞
站在人民医院门前，一棵树下

好些年了，难得这样近地靠近父亲
半小时前，我陪父亲走进放射科
现在，我的左手拿着医生给他拍的胸片

澄亮的雨点，父亲脸上的褶皱
父亲，是什么时候，您就经不起折腾了
说话间，就老了呢

父亲移动伞柄，让雨伞倾向我这边
我一侧身就看见
好多的雨点落在他的肩膀上了

我靠向父亲的肩，回到多年前
那时，父亲身体强健

在万福河，父亲撑着船，河水哗哗响

那年冬天，新屋落成了
父亲，徘徊在台阶前，手里拿着烟
笑声朗朗，迎接道喜的乡邻

这样迷蒙的澄亮的雨点，我回望故乡
父亲，风雨一肩的身影
在老家，炊烟袅袅，多少年

两棵树

我和秀漫步乡村的小路
秀说：你看，那两棵树多美
我顺了她的目光看过去
河那边有两棵不知名的树

在这个寒冷的冬天里
别的树断枝飘零，在风里叹息
唯独这两棵树，叶子落了
但枝条繁密，冬日的晴空下
微动的细枝清晰可见

我说：秀，你触到
两棵树内心的火热了吗
你听见了树体内春潮的涌动吗

它们在积攒力量
渴望着，等待着春天

我和秀过了一座小桥
站在这两棵树下
秀说：那边有嫩绿的麦苗呢
还有二月的水塘
我牵了下秀，和她走向田野深处

桃花的香气

你给我一条林中的小路
我来到你家门前

飘着桃花香气的门半掩着
我在月光下默默无语

我隔了月光凝望着你
你的倩影拂动窗帘闪烁不已

想起你的好友细数你的美丽
我的心更如蔚蓝的潮汐

这一地树影婆娑在宁静的夜色里
这一地树影婆娑在青春的记忆里

好想去牵你柔情的手，美丽的你
之间有几重云的距离

我要到浅浅的天河去洗涤
荡开一层层云朵靠近你

城里的月光照亮梦中的你
我沉醉在桃花的香气里

落花的窗台

离你是这样近
离你又是那样远

是这样长的　夜的长巷，难言
的滋味，窗台只一钵芦荟

就让这忧伤分裂这沉沉的夜
就把这寂寞当作夜那边的你

寂，是你的头发
寞，是你深潭的眼眸

忧，想起初次的遇见
伤，往事如夜色浮动的云影

最艰难的时刻
我的目光把你的目光凝固
思绪，把空气凝固

轻轻地快乐地念你的名字
你，你的名字一动不动

不远的菜市　醒了
我的城市　车辆在晨光中流动

我的城市　白天太长了
夜晚　太短了

　　（选自作者博客）

郭红云的诗

阳光照破了玻璃

很像是一位长者
当我摘下眼镜
从材料和题纲中抬起头来
他温暖而沉实的手
已搭在了我的双肩

他几乎是严肃的
同时有其和蔼的一面
他很像是从楼梯下上来的
放缓了脚步　屏住了声息
没有居高临下的意味

推开门　拉动窗帘
拔掉了锁眼　钉子和纽扣
他是一名熟练的修理工
精益求精
在寂静里发出细微的叮当之声
似乎不愿意打扰一个

沉浸于思考和顾虑的人

阳光照破了玻璃
也看破和修补了我平凡理想中
仅剩的那一点欲念和忧郁

（选自《长江丛刊》2016 年第 8 期）

我们院子里的桂花树

我们院子里的桂花树
最近有些掉叶子了
按理说这应该
是秋天的事
黄色的叶子
较少的橘红的叶子
过了春天也依旧没有
绿好的叶子
我关注它们很久了
每天都是这样
一天七八匹
不紧不慢地掉
一匹叶子掉着掉着
就搁在了上面
需要分好几次才能够
完整地落下去

像一些叹息

我们院子里的桂花树

一共有五棵

两棵紧邻办公楼

另外三棵在住宿区

其中稍大的一棵

已然平齐了我家的阳台

只要略微伸伸手

就可以轻易握住

每次下班后独处的时候

我很愿意它是代表了某个人

为了探询而前来问候

带着歉意与怯意

当我摁灭烟蒂

在它的某根枝丫上

它会轻轻地抖动

像有弹性的风

又像是战栗里

那谨小慎微的痛

（选自《汉诗》2016 年第 3 期）

灵魂曲

我不肯定它的存在与否

虚无的东西

不甚靠谱

我曾反复地咀嚼

捻着笔头

以诗的名义

与它的每一句话对话

妄图记录下些什么

不能离它太近

更不能过于疏离

就像衰老之于你我

时间有底

内心无惧

它是奔跑着的水

疲惫不堪的口吐白沫的海

啤酒一样地喝上一半

继而留下了一半

过细回想起来

也是这样的

它一直在忙着渴

不得机会安歇下来

豪饮一回

（选自《延河》下半月刊 2016 年第 8 期）

鸟的睡眠

手电筒的光

撩开那些繁芜的枝丫
使我得以目睹过
它们酣睡时的样子
我曾经蛰伏于乡间墓地
和舅兄一起打鸟
夜晚的林子里
它们的歇息　恬静
盲然　无动于衷
像一些厚厚的叶片
夹杂在其他的叶片之间
我实在无法探究
一只鸟儿的睡眠
究竟有多深
它们是不是
和有时候的我们一样有梦
窄小不堪的梦境中
是不是还在一往无前地
拼命地飞

染发剂

水　氢氧化铵　丙二醇
蓖麻油　香精……
字迹太小
说明的部分
就着时而闪现的微光

才辨得清楚

躲雨的间隙

读小人书似的读了几遍

成分较多

不可或缺地组成了

某种精致的黑色素

雨势愈加大了

像帘子　拉得严严实实

看不透那里面

在发生什么

宝通寺站 D 出口

我抽烟等雨停

染发剂阻止不了白发生

这场不期遭逢的雨

只不过临时延缓了

我们既定

或命定的行程

父　亲

父亲与继母住乡下

极少到县城

那天他睡得很晚

戴着老花眼镜

定睛地看一份报纸

几天以前的

没有新闻

全都是些老话题

像在此之前的酒桌上

他和我聊了聊

甚少提及的母亲的趣事

他谈到了百年之后

还是想与她在一起

那天　他睡得很晚

独自一人

报纸遮住了大半张脸

专注　谨慎

而惶惑的样子

就像正透过一则讯息

耐心地辨认

和守候着某个即将前来

与他接头的人

（选自微信公众号"撞身取暖"）

韩梅的诗

情 书

雪落的时候
春暖还远，酒壶还在野店
马匹去向不明。所以我
熄灭火把，一身洁白
盼你从人间走来

雪落的时候
生养了大片柔软
和你唇上的冰花
遮掩晨光，修剪女人
犯下滔天罪行

我从没有忘记
画上的眉眼，散淡
你不赶路，也不安眠
只在午夜，陷进我的臂弯

（选自《陕西诗歌》2016年第2期）

71

关于秋天

屋檐下倒挂的瓶子
和屏风上精致的重峦叠嶂
于熟睡中滚落床沿，落入无尽的海

流浪的星星
惊恐地抛出一把利斧
砍出黑色的血流

泥洞里潜伏的螃蟹，被肉饵引诱
从此必将迎接：屈辱的死
这里面，有月亮和潮水的原因

远方的国度，一万个秋季的婴孩
操起竹竿和灯盏，加入远征

嘿，没有什么能让这些
止步。就像你穿梭的那些生活
又被另一轮生活压进箱底

（选自《十一月》第 25 期）

雨　中

下午两三点的雨，遗世也普世
我在平原上瞭望高原
向寂寞无辜的北方，露出原形

初开的栀子忽明忽灭
这夜生的白牙被反复搓洗
只长在现在，和温顺的低处

我想念泥土狭长，如周身的沟壑
一旦响雷劈山，野魂就四散而逃
千百位母亲挥起枕下的尖刀

我感到，黢黄的水土流进皮肤
决绝。太行淤积浊流，放弃清澈
并不觉落魄，还在雨中打了个响鼻

（选自中国诗歌网"每日好诗"栏目 2017.8.9）

村

立冬过后，她又想起了
箱底的芦花棉袄
想起黑黢黢的山头和大瓮

就像想起上辈子的事
她仔仔细细想了一刻钟

这辈子呀，一杆子下去
黑红的酸枣就叮铃咣啷地
蹦进了五米之下的蓖麻田

"冬天，冬天"
她喃喃地走出门
捡了一篮紫皮的核桃
又够了几次挂在高处的笤帚
转身把院里的小菜园
一把火烧成灰烬

（选自《十一月》第 27 期）

镜

镜面里
脖颈以上是原生的黑
以下是炙热的绿
我淹没在水底太久
忘记了岸上清澈的呼吸
还有一年年坚硬的日子

日子是什么

是铜锅上叠着铝锅

所以我寻找着这样的你啊：

平坦的小腹，柔软宛如大地

那里风水极佳，适宜安居

（选自《潜江日报》2017 年 3 月副刊）

篝 火

把没有核的苹果

扔进旷野篝火的一瞬

火光黯淡了许多

眼皮跳了一下

就一下下

星星闪得咯噔咯噔

没有人注意这些

这些苍茫

把裙摆的三角纹摘下

扔进湖边篝火的一瞬

火苗直直站起

仿佛矗立的森林

所有的红手都静止

削尖指头想捅破黑夜

没有人注意这些

这些昂扬

把装着山顶空气的罐子

扔进丘底篝火的一瞬

火堆腾地跃起

又温柔地蹲下去

摩挲擦拭小心翼翼

笑得喳喳作响

没有人注意这些

这些孤独

（选自微信公众号"陕西诗歌"2016.3.4）

灰狗的诗

列车上

下午的阳光，安稳地跳跃在无可挑剔的车厢
所有的东西都在闪光，包括那些短裙，斑斓穿透
黑色的头颅。正在发生的一切很平静
没有孩子哭泣，他们饿狼一样狂奔的脑袋
还很小，很小很小
只一个刹车
玻璃碎了一地

成年的人们低下懊恼的头
渴望握住低矮的太阳，和那些
飘浮不定的光

每个人都有理由手舞足蹈

初春，在南山
一个鱼做得比较好的饭馆
我跟狗子靠门坐着
有一搭没一搭地聊

具体聊什么已经忘了

反正情绪不是很高

天黑得有一点冷

酒只喝了一点就喝不了了

那时候吕航还没来

我觉得困顿，靠在玻璃窗上

点了一根烟，看着我们后面的一桌人

那么多人吃饭

也没发出什么声音

许多只手在桌上灵敏地挥动

在酒精的作用下

显得热烈而亢奋

像是生活的光芒，此刻

正洒在他们身上

忘了是汉口还是汉阳

当时天快黑了

路灯发出昏黄的光

马路边的房子都很矮

很旧还很老

许多人推着货物

往码头上走

他们坐在

靠近江边的护墙上

对面是派出所

天气有点冷
他们裹紧衣服抽烟
指着派出所说笑
好像在等朋友
从里面出来

爸　爸

从云端下来
躺在医院的病床上
浑身长满小红疙瘩
像一个病人那样
吸着氧
我是说你，爸爸
那天天气很好
我有一点儿
害怕
生活上的那些规则
告诉我
成为一个男人的过程
是艰难的
现在，你坐在麻将桌上
像是开了一个玩笑
我记得有一天，在车上
你往我口袋里
塞了一包烟

至于其他的
那不重要

植　物

坐在板砖上晒太阳
板砖摇晃
我的身体就开始摇晃
手上的烟头也在摇晃
像是起了一阵很大的风
我就希望自己是一棵
随便什么样的植物
风吹过来
就摇啊晃的
不需要啤酒
思想和性
每天晒晒太阳
就够了

她在说什么

她还在说什么，那个哑巴
从我一坐下她就在说着什么
用她的手语
和一个男人说话
那个男人沉默不语

她继续说着什么
我听不懂
那个男人也许听得懂，也许不懂
但是他保持沉默
我都快哭了，她的手还在说个不停
那个男人还在沉默地看着她

干净的地方有什么

我要去一个干净的地方
那里有干净的食物干净的河流
干净的袜子，干净的牙齿
干干净净的女人碰巧还能碰到
干净的灵魂。但我要灵魂做什么？
我要去一个干净的地方
那个地方最好
干净得什么都没有

（选自作者博客）

贺华中的诗

章华台遗址

这个午后，众多目光聚焦
一堆黄土。独自坐卧
远处的河塘，树木
与大片黄豆地之间
这是古云梦泽江汉平原腹地
隆起的一块肌肉

离黄土越近，章华台就离我们
越远。隔着栅栏
木柱画栋俱焚
无数陶片埋入千年风雨
只有用作货币的贝壳
铺开一段径道

楚灵亡移驾郢都
细腰女，穿过史料中的
穹形宫门。一只短尾鸟
越过栅栏飞往河边栖息之地

天空空旷得
只看见眼前一片金黄
十丈高台，只不过在黄土之上
加厚了一层看不见的灰烬

　2017. 6. 25

彩　虹

两束不同起点的光
在一座穹形天桥上相会
重叠，连缀成一条
七彩廊檐
笼罩在金色火焰之上
灼热的熔浆，喷发
融合，归于寂静

一道彩虹，罩住一片流水
几亩园林，几个路人抬头观望
他们有祥和宁静的美
罩着夕照下的高楼
每一扇窗，都打开一片霞光
而老房子古朴雅致
新剧院大气高迈，彩虹映照下
他们都有意想不到的美

彩虹的美，因每个人的
不同视角而改变，其中一个镜头
正好罩住湖水对面的高塔
我仿佛听到了寺院的钟声
高僧的偈语。几天前
我曾经到过那里，塔高数丈
却一身岑寂。湖水清浅
偶有野鸭觅食，而一些青草
顺着河坡，一直都在疯狂生长

（选自《齐鲁文学》2017 年 7 月）

芒　种

我用百度搜了一下
芒种就是忙种，但芒不是忙
是麦芒
是大麦小麦带芒的作物
到了收割的日子
种是晚谷、黍、稷要及时播种
后来几天我总想着芒种
想着芒种要栽秧，割麦子
今天也是一样
五点钟我被垃圾车的嗡嗡声叫醒
就像在乡下
母亲被一阵熟悉的鸡鸣声叫醒

我顺着南门河往前走
夏日凌晨，依然有股凉意
远处一丝亮白
我判断那是黑流渡方向
我顺着黑流渡的方向往前走
我要感受下
芒种时节，母亲下地时
是怎么个天气

   2017. 6. 7

皂荚树

十米高塔
插入低矮的云盘
第一次
我被自己大胆的想象震惊
它静默在广场一角
把巨大厚密的树冠撑开
因为粗实，高大
广场的中心被视角转移

花季已过
换来无数青果
高悬枝头。旗帜一样
折射出鱼鳞般闪烁的亮片

这时，如果我假设

一大片阳光

落下来。同学们就会簇拥到树下

成为一只一只的刀豆

母亲用皂荚洗衣的那年

雨水持续不断

皂荚树的棘刺，缝合一小片

伞面。校长说

皂荚树里，住着一位庇佑他的神灵

我与他双手合围

把皂荚树抱紧。侧耳倾听

我同时也听到了

久违的晨钟暮鼓之声

（选自《长江丛刊》2017 年第 10 期）

落　日

昨天我骑摩托车

前面正好迎着一轮落日

我马上想起夕阳西下

日落西山等词句

应该是给人特别凄美，落寞

衰老的感觉

但现在我看到的落日

它逼视着我，如此灼热

明亮，璀璨夺目

仿佛要把我熔化

要把我变成它的一部分

我加大油门，向着落日冲去

落日并不退让

也向着我迎来

我感觉到有一只手

拍了下我额头，令我眼冒金星

有一股火焰

点燃我血管，令我血脉偾张

落日在空中画了一道彩虹

又在村舍铺起一片霞光

落日如旭日，光耀九州

落日落下去后

它有万物消失的美

我把落日当旭日，走在夜色里

仿佛走在通往黎明的路上

2017. 7. 27

（选自《重庆当代作家研究》2017. 8. 28）

黄发彬的诗

哥，我在三月的枝头等你

三月的江汉平原
雾霾依然

浓了墨
重了彩

哥，我在三月的枝头
等你

春雷声声，响在了天的尽头
春雨阵阵，下在了江的北面

哥，你不来
我不走

（选自《网络文学》2016 年夏季号）

春雷惊了一夜的春雨

苏醒的草们　摇曳
昨日的记忆
小心翼翼地
探头探脑

昨夜的一壶老酒
被几只调皮的小老鼠儿
灌了
醉在我的被窝里
用几只小爪儿
挠我的痒痒

玩不过瘾的宝贝们儿啊
一人爬上一棵桃树枝
与躲在枝头里的花精灵
捉迷藏
玩游戏

蛇不出来
只是摇了摇身子
大地开始颤抖
春雷
惊了

一夜的春雨

说不完的话儿
向熟睡的村庄
尽情地
流淌

三月桃花依旧

三月，我撑一把油纸伞
走在江汉油田
不是戴望舒的小巷里
等你

桃花依旧
桃花树
含苞欲放
红潮滚滚来

桃花园里，游人如织
我等了一年又一年
看别人，峰回路转
我的心依旧，在江汉平原
的桃花园里

兄弟俩

温室里的草莓
张着一双双眼睛
看
人世间的冷暖
顺着
指间
流淌

兄弟俩　一人一个面盆
哥哥端着一盆
红色的沉思
弟弟蹲着　在清理一盆
杂乱的心事

星期天的大棚里
兄弟俩是主人
钢结构撑起一片天地
白色的膜能抵御一切
刺骨的风寒

两颗幼小的心灵
在绿色与红色的
冲动中

甜蜜起来

春天被淋得湿漉漉的

听见麦子
在地里
拔节的
声音啦
绿色萌动

萌动的枝头
几只鲁迅先生笔下的
叫天子云雀
在上面
叽叽喳喳

好啊
雨越下越大了
春天被淋得
湿漉漉的

几只鲁迅先生笔下的
叫天子云雀
还在上面
指东道西

（选自《雷雨文学》2016 年春季号）

黄明山的诗

政府大院的保洁员

戴着口罩，等于
只露出眼睛
加上，井一样的沉默

两个四十多岁的中年妇女
政府大院的保洁员
一身的穿戴
在持久的阳光里平分秋色
蓝色的工作服
还有容易被忽略的手套、袖套

我一直想看清她们的容貌
从五楼向下
我的张望充其量是一种观察
看见她们
在各自的区域，提着硕大的塑料袋
不停地行走，偶尔弯腰
拾取。在我若有所思的间隙

她们不知在何处消失

她们会重新出现
她们一楼一楼地拾取，清理
重复的劳动
使她们的步履充满节奏
这个时候，我看她们，等于偷窥
她们一个比一个沉默
她们的沉默，比井还要深
比我的想象复杂得多

（选自《大河诗歌》2016 年春季卷）

过布尔津

天。天谓何物
其实是无涯的空旷
我不知道离故乡又有多远
车行新疆，一只只行囊在阿勒泰安歇
短暂的停留，倦意顿消
布尔津的路牌
夕阳中静止成云朵的依靠
我双足举重若轻，兼有飘临的感觉
看高山逶迤，草原辽阔
我知道，这是在
阿尔泰西南麓，准噶尔北沿，与俄罗斯交界

曾经是西汉西匈奴的游牧地

沙漠，沙砾，芨芨草

将岁月的絮语撂在了车辙的深处

梭梭说

有毛柳，有胡杨，有孤独，才有了天边

我将信将疑

两个维吾尔族小姑娘

油画一样的脸，对我一个劲地笑

好像燃烧的朝霞

融化了突如其来的陌生与高傲

（选自"中国作家网"2016.10.19）

明月中

明月中蛐蛐儿吟唱是幸福的

这取决于月光的安宁

明月中曾经干涸的小河流经村庄

这取决于月光的纯净

明月中我的目光再度布满忧伤

这取决于月光柔软、孤独、宽广无垠

败枝上的花朵

月亮一样的果实，一夜饱满

早已被采撷

枯叶无心点缀

盛开在败枝上的花朵

描摹秋风的萧瑟

盛开在忘川边的蛾眉豆花

简朴的心，紫里隐白

孤独触手可及

蛾。蛾眉。蛾眉豆

还有什么大于佛眼之上的情节

我看到的蛾眉豆花，一根柄

两个瓣，类似于破裂

（选自"中国作家网"2017.2.7）

天　涯

天涯

是离天最近的地方

这说明

天并不是高高在上

天涯

是梦停泊的港湾

这说明

梦有一个大致的方向

天涯
是思念总也抵达不了的现场
这说明
思念的路总是漫长

天涯
是海角蓝色的故乡
这说明
海角有家园也有边疆

天涯
是我对你永远的倾诉
静夜中
有一轮开满铜铃花的月亮

（选自《中国艺术报》2017.5.17）

回不到从前

再也回不到从前
回不到茅草屋旁的石碾
石碾边的碾槽，比童年大的圆

再也回不到秋风里的那一次举望

父亲在月光下扬谷
母亲升起村庄最晚的炊烟

再也回不到黑夜中十七岁的我
参加劳动，田野上摸索着搬运棉梗
汗水咸到嘴角

再也回不到杉林间的那一抹晨光
蜜月里的妻子道别而去
回眸一笑
滚落千年

回不去的还有许多许多
包括曾经的朋友
麦子抽穗一样的交谈
包括所有所有的酸涩与苦难
顷刻间纷纷飘落
亦真亦幻，类似幸福的花瓣

故土上的跪拜

还是故土，承载我的泪水与跪拜
母亲突然离开
在子夜，在寒夜
我从睡梦中手机铃声里醒来

赶路，总是朝向故乡
在通往故乡的途中
我的言语有时澎湃，有时凝固

一切那么熟悉又那么陌生
我的至亲，我的乡亲
还有天上的云朵，空气
此刻都为一个人放慢脚步

双膝跪在故土上
一遍又一遍
打湿三长两短五颜六色的目光
我的双膝跪在故土上
只有这样，只有此时，才稳稳当当

（选自"中国诗歌网"2017.6.28）

梁文涛的诗

掠过河面的鸟

河面开阔，鸟掠过
消失在河堤

我从长渠经过
大片大片的杨树林，把我的视线
切断

草场，牛棚。女人和狗
我看见的只是我的左右
风吹草低　暴露空白

往里，越走越深
暗下来，只有风声
然后落地成灰

生活在别处

你不是我的故土

远处的沙丘，也不是我家的禾场
我的呼吸犹如身旁海边的泡沫
抓不到浮沉的船只

那时的黎明
从我家的树底到树梢醒过来
身上落满了麻雀和乌鸦
麦芽泛青，八百里洲河
犁耙水响牛鞭清脆
孔二婆的唤鸡声，一湾上头

我在孔二婆的唤声中
胳膊变粗，大腿变长
离杏子姐姐越来越远

沿着沙丘，这里变不成树木
变不成草，变不成粮食
空旷之外，我被悬置
如同梦游一般

沙漠骆驼队

他们摇晃四肢，在经过的道路
拿起木钵，神气十足
一个个接近陌生的身子
在沙漠看来，只是家庭里的几件物品

一只小鹿的脚印横行在面前
他们开始呼吸短促
用衣服捂着嘴巴咳嗽

贝壳出来了，海螺出来了
水也在慢慢地浸透
骆驼，看见天鹅飞来飞去
翅翼下的绒毛、花粉、金屑洒落四周
还有一滴苍鹰的血
在沙里渐渐变黄

继续前行。他们必须朝着吸引
骆驼的方向移动
一路上，他们寻找着
用沙粗的嗓子对骂
"我以后会爱井里的活水"

菜市场

那些绿的，白的，黄的
都是我熟悉的
闭上眼睛，我总能看见
母亲自留地里挂着的，躺着的
香瓜，玉米棒，南瓜和蒜苗

每天，我都会在这里挑选
我喜爱的颜色
生活，让我记住了那些植物
或者它们的名字
我把胡萝卜切成片
让它们呈现出各种姿态

"萝卜上市，药铺关门。多吃，儿子"
20年前，母亲总是微笑着
在饭桌上，为我夹上一片一片
水煮的胡萝卜

现在，母亲依然在汉江以北
自家菜地里种菜
而我，每天都要在别人篮子里买瓜

建设街 93 号

无法逃避，来回十年
无论是穿 318 国道，上园林路
或者是沿章华大道绕东风路
我必须达到

雨水落在门窗上，发出的声音
像时针指向 8 点
女儿穿衣背包，妻子煮着细面

母亲在床上继续咳嗽

关上门，我还得出来
依旧走右边，横穿马路
一路上，看少女变妇人老人变更老
一个个陌生的人变成熟人

这里有人来过

晃游，晃游，晃游
一抬头，你就落到我的视线里
你这没有写上名字的飞叶

不是你的错，也不是我的错
是时间的错
把你抓住，揉搓
用身体的气息将你吹散

在这里，你与我毫不相干
你只是脱离树枝的一片飞叶
为什么和我纠缠不清

绕开一群蚂蚁
我弯腰，踢腿
将这里的枯草踩平

窗户和石头

把一块石头搬起，又放下
把一扇窗打开，又关上

一整个下午
我重复着这些简单的体力动作

石头是我从窗户外搬进来的
窗户本身就在这栋房子里

从窗口望去，并细心打量窗外的石头
和房间里的到底有什么不一样
仔细想了想，这和窗户没有实际的关系

假如，关上窗户
可就真的记不起石头
原来的模样了

修　改

外面有潮湿的空气
我把窗户打开
闻到了腐烂的气息
我想到了海，远方和运气

20 年前肖刘湾的土台上
那棵老桃树
年年开白花，年年不结果

时间把我揉进桃花的香气中
带到现在
安排在这虚构的城市里
像一只柿子，柔软
任人把玩

（选自"诗生活"诗人专栏"矮树与重影"）

林岱的诗

台湾赋

日出东方，眺望东海
台湾之巅玉山高昂起天使般的头颅，她的裙裾
舞动一团翡翠，镶嵌在一抹碧蓝的东海前哨
在海洋板块长达一亿年的持续隐没中
你崛起了，在六百万年前，太平洋以西
把浩瀚大海作了你浴洗的汤池，让风神为你沐浴
背后的靠山——大陆，就是你
抵御和挑战海洋的盾牌。数百万年，一路风情舞
玉女仙姿，立于太阳升起的海上，闪耀光芒

穿越石器和铁器时代，古老的原住民部族
经历了多少海上历险，集结，狩猎
形成平原和高山聚落，在溪谷边
点燃炊烟和篝火，埋下农耕文明的火种
从古夷洲的遐思到流求，台员以致台湾
你的称谓在人们沧桑岁月的遥望中几经嬗变
时间之手揭开大海的面纱，你的容颜渐渐清晰
一颗绿色的宝石，被天界诸神供奉在那海上

周围布满了蔚蓝色的想象：一大片一大片浩瀚的蓝

怎能忘记大航海时代，被掳掠的遭遇
荷兰殖民主义的野蛮炮舰
攻伐、掠夺与占领，强盗也摇着谎言的旗
赤嵌楼，热兰遮城，这历史遗留的荒谬逻辑
承载着台湾黑暗时代的屈辱，四百年前的苦难倾述
激起远东的风涛和惊雷。当郑成功的战船
突破鹿耳门，那个涨潮的午夜，风声水起
阿里山重新回到春天，日月潭明月高悬
从此你不再孤悬海外，不再是没有家的游子

啊！你三万六千平方公里的土地
驰骋着我们热切的想象和深情
当你又经历日占的疼痛，有多少沉冤值得铭记
当你又成为老蒋百万逃兵的避难所
你敞开宽厚怀抱，母亲般，把一切接纳收容
啊！宝岛台湾，澎湖，兰屿，彭佳屿和赤尾
我的歌声飞越海峡，与你的绿岛小夜曲呼应
沿着乡间小路，前往外婆的澎湖湾
炊烟袅袅中，听南屏晚钟在幽谷传响

啊！台湾，你是祖国大陆架延伸的高潮，最美的赋格
用激情之舞牵制洋流的前奏，拖出一个舒缓而幽雅的
　长音
你的高山你的流溪，你的平原你的林莽

是否听见了我的呼唤？你以海岸线作音符把诗意伸展
融入了多少柔情和坚强？构筑起万里海疆的绝色屏障
啊！台湾，从台北到台南，从高雄海滨到美丽的
基隆港，有多少故事在流传，有多少希望在成长
有多少乡愁在三月纷飞的柳絮中默默守望
轮回的季节，海岸也迂回，你的心事似莲花开落

台湾，我的翡翠绿岛哟！那绵延百里的
可是你高大挺拔的榕树和樟木
那神奇的红桧群落，在阿里山深呼吸
收藏了关于你的远古神话和高山人的梦想
那一马平川的西部平原，富饶的土地
沿北回归线两翼，写意般延伸
热带的风景在海滨居留，锁住了春天
暖意弥漫，越过高山峡谷，在东海岸氤氲
让樱花树迎着海的气息，遍野开放

台湾，我的箭流直泻的清溪哟！那深藏在山涧的
飞珠溅玉，一路欢歌笑语，向着大海的怀抱
献上你的多情。你淡水河的舞姿，大安溪的迷离
把红树林以及生物多样性的谷地，一一呈现
当垦荒者的足迹遍及岛内，回归的渴望
沿着回归线的理念开始了新的升级
日出东方，眺望东海
你美丽的裙裾伴着海上日出，款款走近
凤兮凰兮归来，龙其翔兮颉颃

青 鸟

是下午了，我看见
十六楼的窗外
九月的阳光如奶油涂抹
静静的武汉，高楼
更像是一个个默默念叨的诗人
在阳光下沉吟

这一切其实多么安静
喧闹的世界
被包裹在一个巨大的
玻璃体中
仿佛贝丽娜仙女
突然挥舞起魔杖
蒂蒂尔和米蒂尔
立刻就看清了世界

青鸟飞翔在远方
有钱人的孩子们在跳舞、吃糖
亲爱的柏彬在 1604 室
深陷于呓语的梦乡
下午，九月的下午
阳光原本奶油一样灿烂
梅特林克，梅特林克

让我为孩子们

把青鸟召唤

（选自作者博客）

路漫的诗

骊山行

从山的角度看，不到一千三百米高度的骊山
可谓身材矮小，瘦弱，只能享受胯下之辱
这里的石头一样，人为地超越了所有石头的重量
土豪般生长的树木、花草试图美化，却修饰不足

阳光奸细一样带着我从第一块石头出发
由低处向高处进化符合人的基本处世
穿过树叶的风竟然千年之后还是哑巴
我亦步亦趋，仿佛不知朝代已改的夫子

放下身段，我此刻扮演着拾荒者的角色
捡拾遗落的岁月，岁月又顽皮地溜走
冬阳也惧怕寒冷，放下心机和草木同乐
融入自然，我洗去脸上挂着的人间怨尤

骊山纤弱的脊背托举着日月之光
我伸出手指，在寒风中虚设春天

烽火台

女人的笑从道德层面升华到江山社稷
春风在讲秋风也在讲诸侯奔跑的狼狈
烽火台，残留在落叶一样凋零的遗产里
一场世俗的爱情，成了史书几千年的拖累

红颜祸水的故事在骊山西秀玲最高峰
当然此刻点不了火，台已被风带走
山上山下，满是被道统的绳索束紧脑门的人
春天的路上，花香熏不走身体里的忧愁

朝代犹如戏子的哭与笑，我冷眼旁观
一笑倾城，再一笑倾国，三笑死于口水
趁阳光尚好，赶紧铺宣于案研浓墨于砚
月黑风高之时书写，身板挺拔成盛世状态

开疆拓土，早过了摸索阶段，江山依旧简陋
文字的城池、国度，换你回眸一笑，可否

老母殿

传说人是你灵巧的手指捏出来的
炼石补天被专利登记处拒之门外
我不持香，径自走进庙宇宏伟的外壳

不是没有虔诚，塑像和壁画被人摧毁

至于你是否后悔补天造人，我不得而知
从案例上分析，捣毁旧神符合人类进化规律
给你留下一瓦遮风避雨之地，实属不易
再至于深层次的原因，你也不必探究

一群文明人经过，我点燃一支烟
天上飘过的云朵皆知我的浪子身份
两片唇轻轻吸吮，烟火时明时暗
阳光有时候也无力，我得自己照亮行程

西下的阳光，庙宇之上落满血色之鞭
不经意的回首间，神祇闭上了悲悯之眼

华清池

三千粉黛的头牌，获准与君王同浴华清池
历史的门缝外，贩夫走卒的眼睛发着绿光
贵妃远游，身边大群玩自拍自恋的现代女子
无需组织批准，一张门票就能出入皇家禁苑

来自渔阳的雨点瓦解了长生殿的誓言
天长与地久，止于马嵬坡不前的六军
无辜的绫带轻易拧断了旷世的奢华之恋
天空又回到了首页，放飞一朵朵丰满的云

一只鸟落在松柏上，重量远超鸿毛万倍
九条龙困于山中，吐着水却不能重返天庭
左边是城，右边是国，我的心在中间飞
遥远的海岸，粗暴的海水坐化之后趋向平静

抬头透过树枝的缝隙，看太阳浮游茫茫苍穹
两点不合时宜的乌鸦飞过，羽毛上黄金滚动

渔樵歌

远离牡丹，省略易碎的国色天香
勤政楼上住满了远道而来的燕子
它们偶尔从窝里径直落在沙发上
范儿远超王谢乌衣巷的同类

邀沉默寡言的山饮酒乃人生一大快事
一杯一个朝代，一盏几百年兴兴亡亡
似醉非醉时互相搀扶去看圣人的流水
逝者如斯，逝者如斯，人生无短长

世无英雄，英雄的雄心其实是木质构造
比如楚霸王，一朵兰花成了最后的心痛
颓废的山年年迎红送绿而我日日苍老
刘伶头枕白云，饮酒，谁是汉谁又是唐

雨走雪来，落花在春夏之间优雅地转身

青丝白发，浊酒一壶且听渔樵散漫的歌声

（选自《雷雨文学》2017年春季卷）

李昌鹏的诗

死者曾和我们躺在一起

油灯吹灭，他们和我一起躺下。
黑暗和死亡同样，曾让我感到恐惧。
祖父和祖母摸我的脑壳，
紧紧抱住我，
告诉我说，祖先在保佑我。

祖父和祖母已过世很久。
我可以肯定，他们从未骗过我。
一个人躺在午间，办公室的沙发上，
阳光铺满八楼八零一室的地板，
有时我相信，他们就在我身边，
会继续拥着我，
如同全身遍布温暖的血液。

想起多年前，就是这样和我躺在一起。
或许，他们真的一直和我在一起。
想起那些事实及这些可能，
不再有任何事会让我感到慌张，

——那就慢慢来吧。

他们曾从云南迁到江西，
子孙们大部分来到湖北潜江。
我的先祖是武将，在边关打过恶仗。
他的子孙从迁徙路上爬起来，
他从战场上站了起来，
从我的血管里走了出来。

回老家

我逃逸了半生，不过是为了升一架云梯。
我发现，我对了。

回老家，祖先的在天之灵，在他们活过的地方
和我相见。
我说，大地是游乐场，人生
多么像一种魔术！

我听见一种声音说：永逝的，化作握不紧的时间。
——对，祖先们，与消失的光阴同在。

那也意味着，我将藏身于虚空。
你们会顺着我身体的血脉回来吗？如同回忆
如同在梦境，无限地复活。

草籽被吹散

前尘往事，你慢慢研磨，碾碎它，
结果它变成风中密布的草籽
被吹散，落进了土壤。渺茫——
心灵向安宁，靠近的机会。
煎熬以野草繁殖的速度，呈立方增长。
你的心绪和忏悔抱紧，从未止息，
每每回忆，或打算从此将你的过失遗忘，
便会有一场风暴抵临前，穴居动物的战栗
——你的心柔软如风筝飘带。

节令将收回它赐予我们身体的电

再出几天太阳，春天就过去了。节令将收回
它赐予我们身体的电。

而电击，让我意识到我正挤在人群中。
我们是一个个——人。

京城让来自南方的我意识到：
我外出，十年中一个个我已隐退无踪。

我抱守独立，像是俄罗斯套娃，
被看不见的手剥开，以变小保持变与不变。

我将继续携带电能。

尤其在经过又一个冬季时，我奔跑，我发电。

（选自《天涯》2017 年第 4 期）

路人丁的诗

暮　春

未干的头发，植被以及
香樟叶间细微的光
升起又融化
走在街上
晚风
雾蓝色的晚风
稍带着野火的晚风
从南方赶来
在一片盛大静止的天色里
它缓缓地收集人群

酒　徒

洋流与候鸟
世界上任何的精神末梢
包括从我体内
挖掘出的污迹
我在水下二十年

甚至更久

把它筑成四壁

相互聆听

敲击对方发出的声音

"永恒的衰亡" ——浪潮始于一瞬间的崩裂

在我服从的规律上

季节变换

海洋总是不动声色

飞鸟还是南去

使我麻醉的

带来了我的遗址

不被整理的一晚

复习到这么晚

什么都不见了

慢慢地浮起来

青蛙的卵群

非洲人拍击鼓

鸟飞过雕花的廊檐

我翻了个身

闻见自己刚刷牙的嘴里

蔗糖的气息

白墙壁上室友复习透出的光

一寸寸消失体内

我如雾般升起

过了挪威的大峡谷

四处是冬天

在海的腹部
阵痛依然

女乞丐

笔架山菜市场有个怀孕的女乞丐
只穿一件破棉袄
裸露阴部和脏污的四肢
那时我们正十四五岁
躲在离她方圆两米外的行人中
触目惊心
"是疯的"，同学小声地说
我们看着
她站在太阳下朝别人笑
一位女性
站在太阳下朝别人笑
像条野狗
像无意识的丝瓜藤蔓
这藤蔓在结她的果
在并无新事的菜市场
人们各自采买生活
不约而同地远离她
像在敬畏命运

（选自微信公众号"诗98"）

柳宗宣的诗

有确切地址的乡愁（组诗）

私人地理

钻山洞的火车和你，倾向丘陵平原
涌现熟悉坦荡的平川，无所隐藏
你的性情气质，原来为平原所塑造

从无遮挡的平原到达贴面入云的山岭
陌生的陡峻或幽深，平衡你的一览无余
在两种地貌间穿行，内心的版图被构成

妹妹的电话

妹妹的电话从老家池塘边打过来
电话早早打过来你例外地早起
似乎就是为了接听。昨夜梦里
听到了她给你拨电话熟悉的口音
她依旧叫着哥哥像早年那样唤你
她说她准备了野生的鳝鱼和莲蓬

你的胃口倾向于灶台铁锅炒出的菜肴
从母亲那里传承民间的烹饪，从她的声音
抚摸到她脸上的皱纹。她当起了奶奶
一晃我们成了长者过年发放压岁钱的人
在一群晚辈中变老；他们催逼着我们
妹妹代替你在故乡呼吸，从她沙哑的声音
老家得以依凭。与很多人不一样
你是有背景的人，从妹妹的声音
抚摸老家的田埂、清碧水稻和野菊花
用槐树下的喜鹊和卷舌的楚地的乡音
那池塘边荷叶带着晨露的声音
问候你的阴历生日

沪渝道上

太阳从汽车后视镜升起
当我们的私车朝向老家的方向
回家需趁早。晨雾在游荡
乳白色地横穿沪渝高速路
你把车速不得不放慢
它们浪荡到右侧的田野
油菜花的颜色稀释成淡黄
然后消散，油菜花的金黄复现
车上的三个人，回忆消逝的美景
他们不停地还乡，渴望着重见
车载音乐不可抑制地响起

吉普车欢快地驶向通往家园的高速路上

栀子花别赋

还乡碰见栀子花，在门前庭院
我摘了几朵放到车内，去见她
——这面带雨露的栀子花

喜悦淡淡的，就像面前的栀子
轻淡的花香，这熟悉的白花
你嗅闻，有着摄人心魄的香

像多年前一样，她保持着美善
没有变化，就像这本地的栀子
无法言说的香，有草木的气息

这让人忽视的栀子花，似乎只有我
钟情于它，隐藏在平原腹心的栀子
你不眷顾，不会轻易闻到它的香

那么多年过去了，我记着栀子
我俯向它的面影，它的异香
摄入了那个赤脚少年的心脏

带着它的暗香，在外奔走迁徙
一出生，就闻到栀子花香的人

126

什么花都不爱，他只爱栀子花

平原的栀子晃动在和平的菜畦
天空那么空荡，栀子花这么弱小
她笑着接过你送给她寂寞的栀子花

白净的光泽，衬着栀子菱形的绿意
这比衬她肤色的花，民间传递的花
我喜爱栀子花，就是热爱田园家乡

芬香隐隐诱人。床头的栀子花
她让我又闻到栀子素朴的香
天生丽质，带着雨滴熏染梦境

我的爱，就浓缩在这积蓄的花香
她难过于没有像栀子陪伴在夜里
暗夜带泪滴的栀子，它飘忽的香

令人伤感。让人瞬间发呆的花
我们消失了，栀子花香还在
不死的花魂，消逝了还会重现

小白菜

望断伊人来远处，如今相见无他思

——（日本）良宽

你是我喜爱的小白菜平原菜畦的小白菜
你是少年跑向原野碰见的小白菜头顶破风雪
民间的小白菜，把自己裹缠得紧紧的
保守的小白菜。背对着我，默许我
一层层地解开她的绿衣裳
吊我胃口的小白菜让我哭泣的小白菜
无法离开让我回归的小白菜
我爱吃你体内的菜心（良心）富含汁液
清白洁净的小白菜，多子多福的小白菜
你是翡翠你是文物你是自然的歌谣
不弃泥土不肯俯就秉性耿直抗争的小白菜
一次次，我俯向你的身子你的轻或重
把你抱回漏风的房屋，相依为命的小白菜
上天送给的礼物让我对你和生活保持耐心
——你这养我性命的小白菜

丁酉秋在妹妹家中听闻鸡鸣

夜半鸡叫，消逝在乡村的夜里
被黑夜吞噬，没有回应
鸡鸣短促，稀稀落落的
孤寂的啼声，隔一个时辰叫几下

父母在靠西边的房屋，鸡鸣声里
他们获得安稳的睡眠；天将摸黑
鸡栖于埘；夜里都要赶回家中

它们呼叫着我们牵念平原家园

鸡鸣狗吠牛哞，和田野在一起
而鸡鸣稀落冷寂，它们在远逝
乡村败落荒凉如同稀落的鸡鸣
唤不回亡灵和童年消逝的老屋

愿意像它们不离桑树和黑瓦屋檐
屋前与院后，在日常的白昼或深夜
倾听体内的生物钟，当夜半醒来
闻鸡起舞，我们共契的感应时辰

儿时叫鸡公打鸣在厢房的鸡笼
隔壁邻家的鸡，被唤醒似的响应
那个时刻，一台人家的鸡集体叫唤
此起与彼落，演奏起寅时的大合唱
月光的田野升腾白雾一浪浪缠绵回荡

夏日时光

熟悉的夏日像一个穷亲戚
打开门，送来去年的扇子
水壶与阴凉；风翻阅着
屋前的桑树叶片的反面
的灰光。风在传送热浪
我们关闭门窗，把热气挡在

正午的屋外。水是我们亲爱的
老水牛泡在河中只露出头角
几个赤身男娃在节制闸跳入河水
妇女们从来没有像这样展露身体
每个男人的肩头搭一条拭汗毛巾
一条乌梢蛇爬着爬着
停在巷道：它的唾液没有了
偏西的太阳下一只吐出舌头的狗
穿过无人的旷野。蚯蚓爬行
蚂蚁集体迁移。暴雨就要到来
（缓解暑热同时预示气温攀升）
母亲在冒烟的厨房炒制焌米茶
空气变热，走在地面脚心发烫
没有人影的乡村校园长满荒草
他出门旅行，背着筒包回来
一望无际的稻田吹送来海浪
平原河边人家，门前摆满竹床
外婆的蒲扇悠然，一直没有停歇
猪獾攀折菜畦的甜高粱
母亲指认银河的北斗星
天上星斗密集，地面月影细碎
父亲跟乡民讲述玉堂春。他们没有死
他们一一浮现出来

作为一尊神的我的外婆

　　——纪念宋腊英（1896-1981）

你向我走来，小脚蹒跚

你的蒲扇在我少年的眼前停歇又摇晃

你腰间的衣褡一层层缠裹着零钱

一张张分拣出来发放到我和妹妹的掌心

你是我姆妈的姆妈我们叫唤你家家

站在黑瓦的屋檐下你手遮眼睑叫唤我的乳名

孤身一人被接到柳氏家族把我们拉扯长大

你拄着拐杖从堂屋小脚摸索泥地

蹩到我读书的房间你的视网膜上

灰白色的角膜云翳牙齿落光了

脸上密布细致的皱纹我看见你的孤独

你一遍遍叫唤我的乳名在你落气的夜里

在异地的睡梦中醒来顶着风雪赶回老家

你一身黑衣平躺在堂屋的木板上

我相信了通灵你从来没有死你出没在我的梦里

你是我的外婆我供奉的神陈列在心中的灵台

汉口儿童医院从外孙第一声啼哭又看见你

——被你怀抱赤裸在1961年夏日的汗腺

我占用了你年老萎缩的胸脯你后半身的等候

耗损你的光阴而我长大你老去从身边消逝

返回我的良心。你使用过的我们睡过的摇床

你的阳寿超不过它（挂在堂屋的泥墙上）

对你的供奉呀不需要实物在心里不用回忆
你的土坟在父母的旁边从未萎缩祭祀灯火不灭
鞋子和骨架在泥土的保护中我们拼贴你的肖像
外婆啊，清明扫墓张望你从田野走来
看见你的眼睛的翼状胬肉你不用辨认
你安然地潜入你外孙老去的体内

（选自作者微信）

132

宁阿川的诗

风的缘故

像一潭将死的秋水
上载落英，下容朽木
连鱼儿也像在打盹

像一潭将死的秋水
和哑巴比静
和蓝天赛呆

像一潭将死的秋水
若我的眉头动了一下
那一定
一定是风的缘故

信——致姐姐

姐姐，多少年了
你再没有枕着妈妈的梦睡去
多少年了

你像一匹不知疲倦的马儿
痴迷更远的远方

姐姐，一连几年
那条被我畅游过的河
越来越瘦
一连几年
那印着我足迹的路
越来越平整

姐姐，就在昨天
我发现妈妈的双鬓
越来越白
妈妈的十指　越来越黑
我发现我的旧衣
已能将父亲完整地装下

就在今夜
我想梦见
我们各自枕着妈妈的梦睡去
去分享那树上
唯一的一个桃
甜得像曾经的日子

（选自作者微信）

潘言的诗

等　你

从潜江汽车站乘车出发

去江城

睡了一觉

醒来

一眼望去，天仙服务区

好像走了很远

其实还在故乡

像一块画布

每年在同一个地方重生

路旁的杨树柳树，甚或雨丝

好像都在挽留

有人上车有人下车

曾经我们在同一个地方相遇

匆匆地，不曾

等君来

在不远不近的地方

（选自"中国诗歌网"推荐诗歌 2016.7.28）

一封来自秋天的信

阳光还是那样高傲地孤独
风也失去了往日的力度
纵使我有和风一般的灵魂
你，在我心中
依然驻足

秋，已在眼前
仿佛一伸手就能抓住
但还是那么遥远
远得要用一封信来传递
彼此的存在

独在城市的一角
家乡的木槿花应该谢了
只有向日葵还在守望
那条伸向村外
开满野花的弯弯曲曲小路

一个人的雨
在人来人往里认认真真地哭
淋湿了心境
把泥土揉碎
麦苗已在泥土里酝酿新的生命

生命是一张单程票

只能路过一次

已经过去的，不会再回来

（选自"中国诗歌网"湖北频道推荐诗歌 2016. 10. 8）

三月，油菜花开了

静坐在时光的彼岸

风轻轻拍打着蝴蝶的翅膀

明媚的阳光送来阵阵花香

哦，是三月，油菜花开了

那翠绿丛中一地的金黄

在汉江两岸流淌

田野里，大堤边，公路旁

围墙旮旯，沟坡上，大树下

满眼里全是的

不畏单薄，簇拥成一片

用裹着严冬的绿叶

捎来口信

用淡淡的花香

把早春略显陡峭的寒风

温暖成春季最美的风景

不与梅花争香，不与桃花争艳

谱写着自己永不褪色的旋律

一节一节向上，绽放

我们还没有熟悉你的节奏
你已悄然脱去花衣
换上饱满的荚果，和
永久的绿色

（选自"中国诗歌网"湖北频道推荐诗歌 2016. 10. 9）

一朵初心

阳光静静伫立于窗棂之上
听，春风从窗前温柔路过
送来一朵初心
一座属于我的潘家小院
与你清纯相对

一墙青藤和流光执手
看，清风徐来一地花香
守着青莲池边那一株遗世的红梅
思绪随烟霞悠悠
从尘埃里开出花来

绿苔滋长把一叶小舟放逐
瞧，渐渐老去的渡口
和你默默回首来路
拂一曲虚无的沧桑
你和我，也是别人眼里一道亮丽风景

借几许水光流萤入梦

撩起一帘皓月婵娟

鸟儿在细柳初芽的嫩枝上绵绵絮语

你知道，只要你愿意哦

我愿守你千百年

（选自《中岳诗刊》2017.4.14）

彭家洪的诗

只想写写母亲的小

只写你一百五十厘米
小小的个子
不到四十公斤，瘦小的身子

只写你脸上，乌黑的
小雀斑。额头上
细密的小皱纹
眼角，狭小的鱼尾纹

只写你身体里，小小的病
中药细细的清香
只写你身体上，小小的手术疤痕
时不时会带给你深深浅浅的痛
只写你越变越瘪小的乳房
它们为生活奉献了全部的乳汁

只写生活里小小的顶针
你对父亲小小的埋怨

对顽皮的我们，小小的责怪

黄瓜茄子土豆蜻蜓知了小小的童年

越来越小了，站在村口

越来越瘦小的母亲

渐渐变成我的眼角

一滴，小小的泪水

心尖上，绣花针般细细的

牵挂

（选自《绿风》诗刊 2017 年第 2 期）

一个像你的人

走到村口，就看见一个

像你的人

在夕光中移动

举手投足，弯腰，高矮轮廓

让我的眼睛一阵温热

我看见的这个人，猫着腰

在田野中缓慢移动

我不知道他在与风说什么话

还是在和庄稼交谈商量

今年的收成

他坐了下来。这个像你的人
他是不是和我心有灵犀
他是否也在怀念匆匆的过往
那些快乐的或争吵的
一家人团聚的好时光

我看见的这个像你的人
我知道肯定不是你
我轻轻抹去眼角的泪花
看着他，站起身，拍了拍
屁股上的土，像你一样
在田野里渐渐走远，消失

（选自《诗潮》2017 年第 7 期）

穿堂风

我看见他从屋后的田埂走来
时急时缓的步子
我看见他拍了拍柳树的绿叶子
摸了摸桃花粉嫩的脸
摇了摇油菜花香软的身子

我看见他走过屋后的厕所
掀动陈旧的布帘
我看见他推开厨房的木门

朝灶头温暖地望了一眼
哦，此刻母亲不在

他走过天井的青苔，回廊，涂满红漆的
八仙桌。堂屋中央
他转了个身，看了看我
和挂在墙正中父亲的黑白照片
仿佛看见自己在人间的影像

他怔了怔，又打了一个转
有些眩晕
瞅了眼桌上的老白干
偷偷喝了几口
摇摇晃晃向屋外走去

（选自《江河文学》2017年第2期）

再也不敢给母亲写诗了

我真的不敢
再给母亲写诗了
母亲乌黑的头发
被我写成了雪山
母亲清澈的眼睛
被我写成了黄河
母亲灵巧的双手

被我写满了老茧

母亲轻快的脚步

被我写成了蹒跚

田园的辣椒又红了

红成了母亲眼睛里

一缕缕红红的血丝

母亲又病了

母亲的血和肉

母亲的爱与美

已经被我

粗制滥造

贪婪的文字之齿

啃噬得只剩下

皮包骨头

再写下去

我真的害怕

我亲爱的母亲

瞬间变成

一把骨灰

（选自《绿风》诗刊 2017 年 2 期）

平果的诗

尹丽娇

尹丽娇是小镇上的明星
皮肤白皙
身材高挑
一双勾魂的媚眼

尹丽娇喜欢烫大波浪的发型
喜欢戴黑色的蛤蟆镜
喜欢穿紧身的粉红衬衣
配一条白色喇叭裤
圆圆的屁股包得紧紧的
把一九八〇年的小镇
晃得睁不开眼睛

我的那些高中女同学
总是喜欢用鄙夷的眼光看她
骂她是女流氓
其实心里面（用现在的话说）
就是羡慕嫉妒恨

我们这些高中男生
总是悄悄地盯着她
鼓鼓的胸脯和圆圆的屁股
晚上回到家里做梦

有三个男人同时向尹丽娇展开攻势
一个供销社的，一个食品所的
还有一个是尹丽娇兽医站的同事
尹丽娇和这三个男人的故事
成了小镇上的头号新闻
而最后，尹丽娇嫁给了一位武汉知青
去了小镇女人都羡慕的大城市

多年后有个老太婆来找我
投诉城管砸了她的小摊没收了她的物品
我问她的名字她说她叫尹丽娇
我愣了半天才缓过神来
不敢相信她就是当年的明星尹丽娇

目送她干瘪而伛偻的背影
我无法想象她的坎坷
我当然不会告诉她
当年
她也曾出现在我梦里

黑　夜

我看不清你的脸
但感觉到你的注视

我看不清方向
只能用声音触摸你

一枚石子投入水中
让秘密隐藏更深

一声蛙叫过后
是更久的沉默

一只烂掉的苹果

它刚开始很新鲜，很光亮
是一个朋友在平安夜送的
它太漂亮了，我不想把它比喻成姑娘
我把它放在客厅的茶几上
每次进门，我都会看见它红红的样子
空气里有它的微香
后来它慢慢失去了光泽
我知道它的内部也在衰老
直到开始烂掉

如果此时把烂掉的部分剜掉
吃起来味道也还不错
但我发现它腐败的气息却很好闻
好闻的气息弥漫在整个屋子里
甚至一只苍蝇被它熏醉了
跌落下来
我索性让它慢慢烂掉
我知道农民千辛万苦才把它种出来
我知道司机千辛万苦才把它运过来
正因为如此
我才不忍心一口将它吃掉
但我不知道
让它慢慢烂掉
是一种残忍
还是一种慈悲

一位亡友的手机号码

一位亡友的手机号码我一直没有删除
没有删除是因为我觉得他还活着
他会在某个悠闲的下午约我一块儿喝酒
我也会在某个睡不着的夜晚找他聊天
很长时间过去了
这个号码再也没有打来过
（当然不会打过来了）
我久久地凝视着这个号码

就像凝视着他那张熟悉的脸

我忍不住用手去抚摸

轻轻的触碰

却将这个号码拨了出去

（该死的触屏手机）

就在我手忙脚乱的时候

电话居然通了

接电话的是他老婆

她说他走得太突然

天南海北很多朋友都不知道

她要替他给他们一个交代

她说她用着这个号码就感觉把他攥在手里

他再也跑不出她的手掌心了

我呆呆地握着手机

无言以对

（选自作者诗集《咳嗽》）

咳　嗽

那时候

父亲总是最晚回家

听到家门口

父亲一声咳嗽

母亲说

你爸回来了

然后全家人
安然入睡

现在妻子总说我
你每次回家
一声咳嗽
就把我吵醒了
我很茫然地问
我咳嗽了吗

誓　言

为了表达我们的爱情
也为了让老天见证我们的忠贞
我们来到屋后的小树林
把两个人的名字刻在一棵树上
并在名字下面刻上"永不分离"
我们想
等这棵树长成参天大树了
我们再来这里
回忆当时的美好情景
没想到第二年回来
父亲就把这片树林砍了
盖了一排猪舍

（选自《长江丛刊》2016 年第 6 期）

麻　雀

它们个子很小
但却队伍庞大
它们不关心宏大的命题
每天只想着一粒米
一条小虫
它们的窝很简陋
一个墙角
或者一个屋檐
即可栖身
而大多数
只能在树林里
露宿
它们总是那么快乐
喜欢聚在一起
叽叽喳喳地议论
家长里短
嘻嘻哈哈的时候
早已忘了
被捕杀的岁月

（选自《湖北日报》2016.8.12）

萍静的诗

长 秋

两千年前
他是巍峨宫殿
最大的王，
她是平常人家
最小的娥。

放鹰台边
他暗修长秋庄，
他是
她唯一的天。
遗梦苑里
她郁郁而终梦难圆，
她是
他失心的痛。

两千年后
我是来往人潮
最伤的游客，

玻璃屏上
映出了她的影子
我的容颜。

她的名字叫
长秋。
我却不知
我是谁。

一场雨把我困在木兰草原

为了这场预谋的遇见
我精心装扮
粉色外套、草绿色迷彩裤
最流行的小白鞋
甚至找出了久已未用的睫毛膏
哦，被雪藏的少女心有些小雀跃

风卷着云朵敲响转经筒时
一场穿越千年的梦才刚刚开始
栅栏边相偎低语，草场里
众马欢腾
一切都是时间变幻的模样

马儿仍旧低头静静吃草
公主湖心

已泛起圈圈涟漪
无法停下追逐你的脚步
一场暴雨
把我困在木兰草原

梦

闭眼间，你乘着夜风来了
用一个名字唤出我早年藏于眼底的
银豆豆，没有线的束缚
它们恣意撒泼
铺满了我的梦

一转身，你乘着夜风到了
用一个微笑打翻我攒了好久的
甜蜜罐，没有瓶的桎梏
它们嬉笑打闹
香甜了整个夜色

蓦然睁开眼
沉睡的光亮惊醒四散
你，不再是你
梦，不再是梦
你便成了我的梦

天　堂

她们说
不可焚香，不能烧纸，不要跪拜
每天轮流着祷告，诵诗，歌唱
今天加了舞蹈
明天还将响起腰鼓送行

阿门，阿门，是十字架在歌唱
她们用信仰掌管了我们的悲伤
冰冷的棺柩被粉饰得喜气洋洋
她们一遍遍唱着天堂真快乐
天堂真快乐
相框中的奶奶就笑了
这是她的
天堂

（选自作者微信）

齐善文的诗

树

当我在这里逐渐站成一株
河边的垂柳
就被那淡蓝的天空
缠绕住我的眼睛
无法看它　我的枝叶在动
任那柔软的风　在
飘逸的枝间流淌
心中的思念不能成形

不要说我是树
只是喜欢　站在这里
终日面对流水与清风
为你指路
直至有一天
被透明的它们
将我一点一点地剥夺
斑驳的我啊
将被带到天涯海角

仍旧漂泊
只是红尘中
我不再是那株过去的树

（选自作者博客）

青　春

你不该告诉我
草莓已经熟了
我知道最后一次告别
已凝固在那幅油画里

尽管　有如水的月光
却无法洗涤记忆
于是遥远的云与咫尺的树
都在向我暗示

昨夜星辰
已被你劫走
疲惫的今夜
注定失眠

（选自载潜江新闻网"潜江论坛"2016年5月）

时　令

你不必询问我需要什么
春雷已近
我只是一朵小花
渴望一场雨水的滋润
哪怕只是小小的雨滴
我也会牢记它们

我知道走过冬天情感的历程
布满风尘的心早已疲惫
这个时候
你不必询问我需要什么
最好的慰藉
是你云朵的方向
把情思化作明亮的月儿

还用我告诉你么
时令到了
春的气息已将我们紧紧包围

（选自潜江新闻网"潜江论坛"2016 年 3 月）

竹之声

你的声音一到
思念便疯狂地
生长　你的声音
是能够触摸的脸庞

在手指的顶端
就像次第打开的星光
你的一句句话语
始终高过翅膀
凝滞的花朵
一瓣瓣地开放
冰封的土地
一层层地松动
因为声音的到来
我的听觉接近水
一如石头深入海底

你的声音一到
思念便疯狂地
生长　我的聆听
在你的食指之上

（选自潜江新闻网"潜江论坛"2016年6月）

在水一方

望断秋水
你　依然站在目光之外
生命之内

有月或无月的夜晚
思恋的小舟
从梦的港口出发
涌起的浪花
滋润我唇上的夏
溅湿你枕旁的秋

亲爱的　今生
我是依水而生的诗人
一生的流浪
被水的火焰照亮
当晨风打开黎明的眼睛
你看到的那火一样的朝霞
便是我献给你最美的玫瑰

在水一方　此生
我是你永远的恨
而你是一只扎进我胸膛的
锚

在心和岁月的最深处
隐隐作疼

（选自潜江新闻网"潜江论坛"2016年6月）

启　程

你一挥手
就把我送上河流
在港口与轮船之间
相思蔓延得那么深广
我成为一只起锚的船

渐离渐远了岸
渐离渐远了你
直到看不见你
才知你早已成为河流的一部分
才知我从此驶不出这情感水域
在你怀抱中
我是一只永远的舟
载着柔风行驶就像填满
你的呼吸
有时你任性的水波翻涌
千万不要
溅湿我拂扬的帆

（选自潜江新闻网"潜江论坛"2016年9月）

让青的诗

三峡人家

我听到了山的颜色，水的声音
三峡人家的女子，在山涧
在溪畔，巧手洗蓝了身后的天空

银铃般的歌喉，把一曲曲山歌
唱到了山的那边，引无数只雀鸟
在山谷里盘旋，一步一回头

两只水鸭，从远方悠悠地游过来
和三峡人家的女子遥相呼应
三峡人家于是便有了诗意

三峡女子的歌声越香，游人的步伐
也愈慢。他们要把这图画
定格，带回自己的家乡……

（选自 2016《中国当下诗歌现场》）

从明天开始化妆

从明天开始化妆

画弯弯的眉，大大的眼

画坚挺的鼻，樱桃的嘴

穿民国的碎花旗袍

蹬三寸高跟鞋

撑一把粉红油纸伞

绕过宽阔的沥青大道

漫步在清朝的幽深小巷

脚步轻轻，青石板回响起

悠扬的节奏。一曲古筝

从巷尾传来，遥相呼应

红门背后冒出的少年

手握相机"咔嚓！"

"咔嚓！"说是拍风景

（选自 2016《中国诗歌民间读本》）

遥望一场雪

遥望一场雪。一场盛大的

北方的雪。窗外飘飘洒洒

室内娉娉袅袅：在兰的幽香里

炉火正旺。我们说梵·高

说福楼拜和杜拉斯

说狄金森，大洋彼岸的

那个与世隔绝的诗人

你说，你更欣赏雪压松针的

景致，渴盼一场雪地里

纷纷扬扬的记忆。我牵着

你的手，奔向辽阔的雪原

我们做一对戴着雪帽的

小人儿，然后大雪覆盖了你

和我。我说：就这样吧！

于此，白头到老……

（选自《中国诗歌》2016 第二卷）

阿尔勒的卧室

——致敬凡·高

阿尔勒的卧室里，阳光温暖

我在寻找，向日葵熊熊的火焰

和鸢尾花蓝色的忧郁

这人世的欢乐和痛苦

都在你的画布上呈现

当夜色来临，我漫步

在阿尔勒宽阔的街道

夜空湛蓝，星光闪烁

夜晚的露天咖啡座宁静

而梦幻。你会牵挂那些

犁地的农夫，以及昏暗油灯下

吃土豆的人。你也会向往

那些收获景象：

麦田里的云雀在歌唱

午睡的农夫幸福而安详……

这一切，你都会深深地怀念啊

当桃树花开，五月的鲜花

开满你的窗前，你

却用上帝的子弹

射中自己的胸膛

留下这阿尔勒的卧室

和一只耳朵的自画像

哦！你37岁的韶华已逝

只有奥维尔教堂的钟声

经久回响……

（选自《东方文化周刊》2016 第 35 期）

布谷鸟飞过田野

一只布谷鸟，孤单地

飞行。在荒芜的田野

在妈妈孤寂的坟前

布谷鸟，她从不

结伴而行。在山上
在山野，她踯躅而彷徨

她一声一声地鸣叫：
春来了，快快耕耘吧
粮食就会满仓

她有一个别名叫"臭姑姑"
"布谷，布谷"，声声
都啼血……

（选自《新诗想》2016 第三卷）

想和你一起采集春光

火红的郁金香
开满了章华宫，打鼓台
一张张沐浴春风的脸
和郁金香一起绽放
脚下的青石板道
像一条闪光的贝壳路
伸向远方
打鼓台下的油菜花
遥望无际，绚丽且灿烂
楚国的细腰美女
早已淹没于云梦古泽

166

此刻，化为只只蝴蝶花

翩翩地飞，浪漫地舞

远方的爱人啊！多想

和你一起

采集这大好的春光……

（选自《雷雨文学》2016 年）

女考官

女考官望了望

对面的考生，开始念题：

假如你开着执法车

正在执行公务

途中接到电话

要你顺路接妈妈

去医院做身体检查

你会怎么做？

他望了望女考官

坦然做答：

首先，我会将妈妈

接送到医院

然后……

答题时间到

女考官再次望了望他

脸上露出温暖的微笑

而她手中的笔

在颤抖，终于缓缓地

举起亮分牌……

（选自"中国诗歌网"2017.7）

三槐的诗

半张脸

光头寄来照片

将京城的喧嚣

删除得干干净净

桌上的酒瓶尚未打开

有枚硕大的铜钱

在他身后，他的脑袋

正好与方孔吻合

那枚铜钱制作精良

有汉白玉的光

他微笑着

与酒瓶牵手

酒瓶站得和他一样笔直

光线有一丝恍惚

刚好掩盖了下一秒的惊慌

一个并非酒徒的惊慌

照片留白巨大

只在角落里露出一个

女人的半张脸

仿佛一个隐喻，让你猜
另一半的隐喻
我知道京城的隐喻有很多
完全超出了汉民老师的讲义
它的奥妙在于，它不引诱
而是让你自然地进入
又撤离。光头深谙此道
他是高手中的高手
下一秒，另外半张脸或许
就会与他的半张脸缝合

吊章华台

土垒太厚实　哪一面
都无法抵达　我的王
大会诸侯的盛宴
路上的贝壳反扣着
细腰和大臣的心跳
掐断联想，悲悯或壮怀
顺着陶质下水管
注入幽暗的根部
在文典里寻章摘句
不敢重复古人庄严的
牙慧　譬如
世移时易，变法宜矣
后人衰之而不鉴之

我没资格藐视　更怕
惊起湖底安睡的祖先
沿着废墟小心地挪步
不起一丝声响　不溅
半点尘埃　只在坡前的
花海凝目，在花海的
更深处与陶质下水管对接
哪怕溅落一滴两滴忧患
也稳稳地接住

雨

雨把云脚拉得低了又低
我并不压抑，我知道
它是从你那里赶来
经过那么多城市与村庄
一到窗前就恣意泼洒
雨滴明亮，照见了我的颓废
抽走骨头的人，容易连根拔起
这场雨一来，我就能像月季
重新长出花朵，骨头和牙齿
以后，无论多少个夜晚
都好安置，都能入睡

马齿苋

去一家高档饭店吃饭
第一盘菜是马齿苋
朋友说它绿色还开胃
我踌躇着吃了一筷子
又涩又酸，忽然心生羞愧
小时候我养大的那些猪啊
你们吃了那么多的马齿苋
该有多少的酸楚

柔 软

五月的早晨柔软
像面皮，鸟鸣把它抻开
吹过睫毛的风再把它拉长
排一排日程表，发现夏天
真的不从容，容易混淆
一些界限，譬如黎明与朝阳
黄昏与夜色，收获与播种
譬如流泪与流汗
狂热与狂躁，身影与背影
夏天也要警惕感冒与寒湿
也不能喝太多酒，防止
钙流失而骨质疏松

也不能在深夜发三条以上
微信，睡不好白天就站不稳
一定要吸取今天的教训
一出来心就惊慌
踩下油门刹不住车
记住日程之外还有两件事
要做得特别从容
接母亲出院，送她回乡下
问候一个人是否康复这实在
是一件爱莫能助的事情

麦地麦地

一垄接一垄，一片接一片
望不到边际的是
割下麦穗的麦秆，仿佛
砍下头颅的身躯矗立
静默地浩浩荡荡
风蹿进去也蹿不出来
这阵势我见过的还有
秦陵的兵马俑
他们很相似
都不能返青，都不能发声
他们也有不同
兵马俑可供参观，而那些
砍下头颅的麦秸还要被

更深地掩埋

摘蓝莓

蓝莓园在一片山坡上
正对着九点钟的太阳
风晃动幽蓝幽蓝的眼睛
也摇荡许多裙子
这里是屈家岭　太子山下
五千年前住过渔家姑娘
三千年前就种水稻，也
唱过《汉广》　采蓝莓的
女人不会唱
"采采芣苢，薄言捋之
采采芣苢，薄言撷之"
也不会感谢上帝
没有设一道篱笆墙
仲夏的阳光如月湖一样丰沛
蓝莓颗颗都饱满，那些
采摘的姑娘也个个饱满
我和万祥坐在山坡上
吃她们摘的蓝莓
这里一切都很安详

行至返湾湖

青青的水杉一路送我
到湖边就齐刷刷站定
湖心岛在无边的
荷花芦苇中起起伏伏
青头鸭振开翅膀一下子
把白云推得老高
戴胜鸟趴在苇丛里
专注一条鲤鱼叫鸬鹚
逼得跃出水面
四面八方的风都吹向湖水
没人能画出那么多翅翼
凌乱的轨迹

这里是江汉平原的腹心
云梦泽在此变身为
细腰女子　诱惑我
误入藕花深处
归去时，暴雨骤至
湖水四下里奔跑
颇像一位行吟的诗人

（选自作者博客）

175

黍不语的诗

密　语

有时候我会，陷入莫名的悲伤
阳光照在我身上
带着众多陌生的影子
花朵满怀喜悦，仍开在去年的枝头
云和雪
在永恒的空中飘荡
我感到一种，伟大的厌倦和绝望
无论我怀着怎样的
力量和慈悲，在被用旧的人世
我都无法献给你
一份新鲜而安详的爱情

（选自《扬子江诗刊》2017 第 4 期）

怀　想

一个孩子在河堤上奔跑
两手空空

风吹过河面
风把他越吹越瘦。流水
湍湍，几乎照不见他的影子

多年后
我穿过河边的
杨树林看见这一切
天空在头顶，正蓝得一片虚无

我忘记了自己有多大，忘记了
有没有牵挂的人和物
我只是感到悲伤
夜雾落下来，很快蒙住我的眼睛

我感到那个孩子是我
是我年轻的母亲
少年的朋友。未知的爱人
我感到悲伤。深深的悲伤

我还没有积满
御风的力量
而他们眼看
就要融进落日

你们的

我的春天是你们的
汹涌与重复是你们的。

我的草场是你们的
坦陈与践踏是你们的。

我的村庄是你们的
怀念与遗弃是你们的。

我的生活是你们的
粉饰与绝望是你们的。

我的容貌长在你的脸上
我的远方住在你的眼里

我的名字也是你的名字。
我的爱人也是你的爱人。

现在。这些孩子也。正如愿。一个
一个。成为你。你们的。

礼　物

是雪。在下。

火在泥炉里安静地燃着，
酒在酒杯。

你端坐。或打盹。
白色的寂静暗中清洗你的来程。
白色的寂静使你闭上眼睛。

你白色的女孩。来了。你白色的女孩。坐下了。你白色
的女孩。消失了。

白在白中轻轻摇晃。

酒在酒杯。
火在泥炉里安静地燃着。

雪在下。

我一直以为你是一个孤单的小孩

苍蝇。蝴蝶。虫子。灰尘。
它们去了哪儿？

年轻的父亲，

要去哪儿——

那样明晃晃的正午。阳光。风。石头。血。

你被抛在屋顶。

被赶进黑乎乎的树林。天蓝，

像漩涡。你松开一半拳头，走上土路。

疯女人

放弃了稻草。

我的孩子。你放弃了你。

（选自《汉诗》2016 年第一卷）

释　义

黍：一年生草本，

种植于 4000 年前；亚洲

或非洲；

子实淡黄，禾属而黏者为；

适干旱，惧硕鼠；

西周亡而黍离生；

后麦行千里，无见故人；

今称小杂粮；

愈贫瘠愈生长，是

不被广泛种植的一种。

（选自《诗刊》2017 年第 9 期）

木

你看到我在河对岸是

一小截木头

我看到你

在早春的风中，鲜艳地绿

一切多么美妙啊阳光

照耀你是明亮与花果

照到我是灰烬

河水湍湍是你在世上走

当你终于明白没有自己没有另外一棵能够靠近

终于你感到生活

只剩下了平静，与等待

你看见由于

荡漾由于

无可挽回的心动

你看见河水粉碎了阳光

（选自《青年作家》2016 年第 4 期）

红月亮

何以要相逢，何以

要重叠。你这不由自主的转动，

追随。

没有一种美像你这样孤独。

没有一种孤独像你这样久远。

你清清冷冷的，多好

你高高在上的，多好

你按时起落规律盈亏从不受往事所累

多好。

你自顾自慢吞吞

走在永远往西的路上

多好。

现在，你用别人一刹，完成了整个一生。

（选自《青年文学》2016年第2期）

我的母亲坐在那里

当我从无数黑暗中，寻到她的子宫

我的母亲，坐在那里

像土豆落在敞开的地里。

当我开始一点点膨胀，一点点，与她分离

我的母亲，坐在那里

像被摘除果子的枝蔓。

当我怀揣她的汁液，耗尽她的日夜

我的母亲，坐在那里
像石头，在秋风中的寺庙前打盹。

我的母亲她，坐在那里
像一小块寂静，一小块阳光。
有一会儿我们一起，走在黑暗处
像我们同时
经历了某种消失。

（选自《星星》诗刊 2017 年第 7 期）

唐本年的诗

外婆的恩赐

我常常梦在童年时的
冬播、春耕
或夏收季节的场景
手握着外婆给我特制的农具

邀我玩的伙伴们
在田头地间分我的心
狠狠地一锄头下去
草，站在那里笑得前仰后合
可那根寄托外婆希望的
壮禾苗，倒地
在她的心中溅起的
回声，吓得伙伴一轰而散

在缺少人手的家庭
外婆赐给我的
除了劳动，还是劳动
汗水的苦涩浸泡过的心灵

像枚验收人生的
印章，这么多年来
频频地出现
在我不同时期的方方面面

（选自《世纪诗典·中国优秀诗歌精品集》）

浪漫七夕

七夕的主人似乎不太认识我们
但我们却几乎都认识她
认识她身在天宫
心在人间织布和浇园
认识她做梦靠近森林和大海

每个时辰都严实得
和天宫抒情；有时候星星
也把她置入五谷丛中
彼此相拥与相望
一天又一天，一年又一年
仿佛日有所思打下的一个情结
耗尽天下的喜鹊集结
啄开那一根线

一头天上，一头人间
甜美，温馨，快乐源远流长

在仰望，在思念
两颗心从共同的梦想中
启程，滑行，碰撞
爱情的火花即在整个夜晚燎原

（选自 2016 年 9 月 14 日全国首届"七夕杯"
爱情作品大奖赛征文作品选）

爱的渴望

举眸远眺
我在期待着什么
心儿悬在岁月的枝头

爱的渴望
渗入寂寞的影子
从肉体之外呈现原形
痴迷的痛感
在内心光焰的燃烧中
美丽绝伦

期待的黄昏
追忆遥远而芬芳的情感
那些微妙的瞬间
无法破译
总感到有盏温馨的灯

闪烁在茫然的日子

朴实的心灵
在笼罩虚幻的浮躁里
因期待而宁静
如一轮满月
面对着日子默默地抒情

（选自《银河怨——七夕放歌》珍藏版）

耕耘中的父亲

农事，一季季的
在父亲的指头绕来绕去
像一部演不完的乡村连续剧

种子一旦进入土地
父亲便艰难地进入角色
父亲演了一辈子
重复的戏，但每次面临登场
总是兴奋得难以自制

农事被父亲粗糙的手
精细出的情节
穿过景与物成趣的空间
以场面的惊喜引出忙累的日夜

父亲在角色里始终

把农事居于生命的高处

仰望抑或凝视

苍茫中父亲的形象

我在一种耕耘里以汗滴禾下土

告慰你人生的夕阳红

（选自《海内外华语诗人作品精选》）

田金文的诗

我是一条浮藻

有老师问我　耒阳
算不算我的故乡
我想　她既不是我的
异乡　也不是我的故乡

我想我可能是长江里漂来的
一条浮藻　也可能是湘江里
流来的一粒沙石
在耒水之滨　化身为
一支粉笔　三尺讲台上
敞开我的内心和独白
面对几十双挚爱我的
眼睛　细磨成灰烬

关于故乡　我写过许多
乡愁　关于流浪
我也写过广州　东莞　阳江
可每一处都不肯舍予我

一米阳光和茅屋

我是一条水藻　注定
要流浪　在时光的河上
河水缓缓地流　我
也缓缓地荡

秋色赋

白云在秋水里流淌
秋水在白云里飞翔
桂花香了　菊花黄了
大雁和麻雀诉说着
别后重逢的情话

平原的风　像个顽皮的孩子
从东埝蹦到西庄
从南乡跳到北村
一路嬉闹一路歌哟
唱得棉花白了头
唱得稻穗弯了腰

柿子红了
提着一盏一盏小灯笼
穿行在秋色饱满的田埂上
穿行在春意暖暖的花海里

健忘症

我可能患上了健忘症
大脑伤失了许多记忆
比如说过的话
比如爱过的人

早晨去上班
走到半路又折回
我恍惚觉得我的寝室门
没关
又觉得好像没洗脸
没刷牙
鼻孔里可能还有秽物
可镜子丢到了
哪里呢

平原上起风了
我不知风是从哪个方向
吹来的
雨到底是从天上掉下来
还是从地上升上去

是猴子变成了人
还是人变成了猴子

我真的患上了健忘症

明天　对

就是明天

我得去看看医生

（选自作者博客）

田晓隐的诗

不只是因为冷

江汉平原的夜晚
空旷的
让我这个异乡人无处遁形
在我转身
轻呼一个久违的名字时
月在云中洒下百花
雪落平原
你的名字让我的心紧了紧
我把衣服紧了紧
——不只是因为冷

夜雨潜江

雨如织，街道涌起薄凉
落叶逃离的枝头
街道寂静，路灯昏黄
东风路在水色中渐次下陷
街头怒汉是否倚窗听雨

收摊的贩夫坐在檐前
秋意如利刃缓缓出鞘
作为刚刚落脚这座城市的人
目光之内无行人
落叶不是第一片落叶
而我必然不是一个人在路上

园林路像一条拉链

街道空荡，负我游走之心
若有一个人转过街角
我便是一枚遗落的别针
园林路像一条拉链
我是从口袋里滚落的硬币
贩卖爱恨皆如茶汤般的过往
这所有路的尽头
有人顺藤摸瓜找回故乡
有人在分辨一片落叶的正反面
去不了的地方，绑架我在路上
夜太深不如回到出租屋哭泣
我是一个因为不圆滚得不远的石头
园林路像一条拉链分开又合上
多少个夜晚我在路上围剿自己
剜心之痛败于街道空荡

寒冷的剂量

需要用流水般的起伏来形容
一段冻僵的骨头如何慢慢有了温度
大风吹。吹出劫后余生的感觉
而先走的人，不是坏人
提前散场往往携带拖延症。不到最后
如何煎熬了寒冷，以及寒冷中
那碗稀粥。需要大火，火焰闪闪
那个最后归来的人。又把疼痛延续
在将要愈合的伤口
没有人追问疼痛的根源，那样太过于
清浅。手里的斧头和裤腿上斑斑
血迹。都抵不过一窖木炭
伐木人已经是个敏感词。深夜陡降大雪
覆盖山野如同覆盖一个人苦痛的一生
苏醒借助一壶烧酒和一碗辣椒
如果骨头和经络不够缓和，剂量加大
看雪压山川，药草倔强向内生长

时间之外的雪

一觉醒来，墙壁灰暗
窗外那架破板车上，驱赶鸟雀的稻草人
肩头停满了鸟雀

一块缠在枝杈上的破布在风中抖得笔直

我觉得我很空

不住地叹气，出长气，发出哼声

身体里面的一畈麦子，空壳

我看见深秋的黄色堆上了脸颊

昨晚的一场醉酒

不好的遭遇，令我跌入内心的深渊

唯有面包、床单在尖锐的秋风中

令我不再恐慌

是的，我已经不敢清点白发、疤痕；

不敢低头向身体道歉

醒来。希望有一个人在我的体内驻扎

拨动一把马头琴

悠扬和宁静是一场时间之外的雪

或者霜冻总在一片树叶的背面

山　中

一只鸟蹲在屋顶上

我蹲在屋檐下

鸟盯着烟囱，烟囱没有飘出一粒谷物

我捏着烟斗

烟斗很久没冒出火星子

青砖黑瓦房越来越少

我和鸟丢失了瓦片的正反面

对话就是沉默薄如瓦片

河对岸的捣衣人，把木棒捶打在石头上
鸟飞向了河边
那个夜晚它的翅膀湿漉漉的
淌过河的人
消失在雾中

夜　空

夜空是倒扣的火盆
黑乎乎的是未尽燃烧的木炭
那些灰已经看不见了
倒扣着洒向荒芜的人间
当我独自走过漫长的黑夜
那些大大小小的水坑
像一个个玻璃盖
湖水痉挛，河水抽搐
刚刚淹没到我的脚踝的水洼
水面裂开，枝状样的闪电
夜空收缩在水里
站在夜空之下的任何弧度上
风始终无法超越孤独
也不能驱散忧伤
当我向夜空挥挥手便有钻心的疼
掠过指尖———
那一刻，夜空倒扣我无处可逃
木炭燃烧，火星四溅

疾步而过的深夜人，是大口喘气的流星

八月最后一夜

线装书里面有露水，潮气有起义之心
打坐的人，掌心有闷雷滚动
树桩戳在道路两旁
我丢弃了一个伐木工笨拙的手艺
背一捆柴草游荡
不能熔浆，造纸术需要识别码，那就点一把火

摊开书，这八月最后一夜
我不喝一壶，一支烟夹在手指间不点燃
我装腔作势，伺机攫取今夜的月色
在一部小说里面我看见一句话
最好的提琴，总是很少被奏响。

夜晚有层次感。八月是立着的书柜
我把自己陈列在里面。揣摩书中主角的脸色

（选自作者博客）

田震的诗

元　宵

元宵拎着灯笼，
乘着骏马奔腾而来，
追赶先期而至的春姑娘，
那是他心中的向往。
俊俏的春姑娘，
舒展手臂轻轻一扬，
带来满眼妩媚，
带来无限春光。
令多情的汉子，
欢闹了一个晚上。
陶醉了天上的月亮，
冷落了邂逅的金发女郎。

（选自《潜江日报》2016.2.26）

王本伦的诗

南湖夜钓

南湖之南，风摇春晃
湖面上细碎的光影
摇曳得像秋天的忧伤
眼睛是多余的
耳朵是多余的
嘴巴是多余的

我傻乎乎地，进入秒想
弯月中的嫦娥姐姐
是不是多余的？

所有的没有来历的声音
贼手贼脚，这个多余的想法
是多余的
我，是多余的
只有黑暗里的钓者
钓竿与钓线　垂在
夜的中央

（选自微信公众号"诗在线"第 33 期）

浮　生

昨夜，"天鸡"从梦里走出
一条没有尽头的路上，白茫茫
许多的是是非非，恍恍惚惚
是梦非梦？"天鸡"不可泄露
黎明前，消失得悄无声息无影无踪
世界与你我无关
早晨还是早晨　活着的人
变化可以忽略
人生没有那么多伟大和高尚
终日忙碌，不过是为了一张嘴巴
还有，一饷贪欢
赶了一夜的路，辘辘饥肠
走进东风路易记米粉店
来一碗酸辣粉汤，朋友也来一碗
朋友说，今天
是与老婆相识三十二周年纪念日
"当年的那一晚，说不要你送，
真的就不送了"
这句话，朋友的老婆说成了经典
像弹花匠击打弓弦
日子被弹得细长细长

邻座，一位少妇挑起几根酸辣粉

悬在碗口上
"八年前，一口一声大姐像叫亲娘
我耳根子软，借了钱帮她渡难关。现在
不还钱也不交言
却在外面赌博游荡　丢了天良！"
少妇恨恨的意犹未尽
一根酸辣粉的颈项被咬断

店外，街面上行人熙熙攘攘
店内的食客，来了又走
走了又来
手机滴滴细响，有朋友微信
"怎么会认识我的同学？"
云的世界真小
此刻的她正在看《浮生六记》
而我，与陌生的或偶尔面熟的人
相遇在小小的米粉店
埋头吃着悠长的米粉
品味一根一根无根的浮生，如梦
然后，与他们擦肩而过

蒲公英

五月的季风
应期而来
竹篱笆下的蒲公英

卸下黄色的头顶
化为一球千羽，雪白
像姑娘离开娘亲
远嫁异域

漂泊的风护着你漂泊
你走了，村庄的竹篱笆也走了
看不到你的时候
看你更加清晰
你灵魂安歇的地方
是前世的故乡
也是今世的家乡

豌豆花
一枝枝豌豆花
蛰伏在黄昏的腰肢
像蝴蝶或更像精灵
在阡陌间游荡，黑眼珠
是野狐的眼睛，闪动着诡异
春风无力招架
没有犹豫
便掉进紫红的柔情

此前，我恋着三月的桃花
一刹那，豌豆花
一个浅浅的颤动

便把桃花收了，连同
我的魂

蔷薇花开

这场春雨的最后一截，落在
最柔软的情节
阳光清新
庭院角落的蔷薇花
像一只悸动的小鹿，娇羞开放
蝶儿清唱着采薇曲，翩翩赴约
花瓣朵朵，花香摇曳
蔷薇花多美啊，只是时光
回不去从前的岁月

归去来兮，归去来兮
花骨朵里的粒粒水珠
轻轻滴落在，四月的人间
化成一坛纯情的女儿红
嫣红了遥远的思念

来路和去路

其实，来路和去路，一样遥远
混沌初开
地震、洪荒、瘟疫、战火……

绵绵不绝
总有几个章节，走着走着
就消失了
就像从桃花源里出来
再也无法找到入口

去路迢迢
文明不过是来路上的一朵浪花
一朵偶遇的桃花
她面带春风，拂过短暂的快乐与慰藉
我们如困惑的羊羔，立在中间
无法辨识，更没有力量
连接起断层的空间

来路
终究会消失，去路亦然
如同婴儿落地之时
走来的是来时的路，久远而古老
走去的是未来的路，古老而久远

（选自《中国诗歌》第 457 期）

王德云的诗

母亲病了

是雾霾的熏烤
还是污水的浸泡
是过度的操劳
还是前进的步伐太快崴了双脚
还是吃的食物有残余的农药
还是 还是……
莫名奇妙的病毒迷住你的心窍

母亲您病了 病了的母亲
怎能让您忍受病痛的煎熬
您的儿女都来尽孝
检查您的心
检查您的脑
化验您的血液
穿刺您的病灶
检查的结果吓我们一跳
可恶的病菌在要害的部位狞笑

母亲您拿自己开刀

母亲您吃着最好的中药西药

最佳的方案帮你打针和理疗

渐渐痊愈的母亲又露出健康的微笑

母亲您健康真好

您是我们永久的依靠

有了您　我们不惧怕任何强盗

有了您我们在宇宙　放歌　在海里弄潮

母亲啊您温暖的怀抱

全世界都知道

您的光芒在五湖四海闪耀

母亲，伟大的母亲啊

网

你的网

我的网

数不清的网撒出去

你网着我

我网着你

撒网的人

网中的鱼

浑水摸鱼

雨水把河水搅浑

无数的人浑水摸鱼

鱼欢虾跳

经不住诱惑的

说好不打湿鞋的岸上人

也纷纷下水

一无所获　才说不该蹚这趟浑水

下了河　沾了泥和水

上得岸来谁也不敢说

自己一身干净

　（选自作者微信）

王华的诗

江　湖

古人谓之江湖
今人谓之社会
实则还是两个字
又或者是另外两个字：刀剑
笑里藏刀的刀
口蜜腹剑的剑

如今见面即握手
幸会，久仰
一个人哪来那么多故知
还不如古人抱拳来得实际
青山不改，绿水长流

"有人就有恩怨，
有恩怨就有江湖。"
堪称经典的诠释
人人都在江湖中打拼
从冷兵器到热兵器

无非都是为了出人头地
又有谁真的退出？

"龙潭虎穴，吾亦往矣！"
如今单刀赴会的人物
似乎少了许多
不看今人笑相迎
犹思古人抱拳礼

江湖梦远

夜凉如水，云稀星现
独自一人，手捧清茶
饮一杯月光
浅尝这缕轻袅的淡愁
拾起落花般的尘烟往事
时间，仿佛是静止了一般

风月悄无声息
拨弄一个尘封已久的梦境
桃花树下，一袭青衫
迎风而立，衣袂飘飘
仗剑天涯的豪情
在心头淡淡划过波澜

江湖是一个梦

快意恩仇的刀光剑影
丝丝缕缕的爱恨纠缠
是是非非的你争我夺
梦里、梦外，
尘心一片，痴然不悔

星沉月隐，平添几许清寒
那些流光溢彩
终是一场繁华盛演
依一潭秋水而静立
感怀于人在天地间的渺小
感怀于一路走来的牵牵绊绊……

决裂背后

如果你离去
就剩下我一人
风中，一个孤独的影子
向天，漠然注视
是否眼里也流露昨日的悲喜
季节的流逝
和人一样，谁能挽留？

尘缘里的往事
或许只是一个梦
那些痕迹

不过是来回之间匆忙的足音
必定会在远去的时光中
杳无音讯

曾经的相遇
被遗忘在尘世以外
听风声清幽
一曲浪漫的音调
流转的眼神
为什么能读懂那么多的表情

如果只是一场梦
那就相忘于江湖
青春会老，繁华也会褪色
决裂背后，我心独舞
身后，灿若死水……

棋　悟

很长一段时间
"炮起中宫，较诸局雄"
一部《梅花谱》问世
开启了千年的马炮争雄
斗转星移
布局风云骤变
仙人指路、飞象局、起马局

层出不穷
棋枰争霸演变成了内力的比拼

其实，天下棋理如出一辙
大局观、计算力自然必不可少
然而胜负的关键
还是自身的修为
棋如人生
无论风云如何变幻
心本自静，修行在心

一局终了，看轻成败
不嗔不怒，不争不辩
一路前行，不留遗憾
也许某天会发现
又应了那么一句：
"蓦然回首那人却在灯火阑珊处"

你若是天空

你若是天空
定有着迎风的外衣
飘渺——
宛若远方星空下
那一抹孤寂的背影

你若是天空
那淡淡的忧愁
只能在眼底的迷离中
若隐若现
诉说渺茫　如梦的记忆

记忆中——
云淡风轻地握手
然后含笑道别
渐渐远去的身影
可知在谁人的心底
留下了微微的痕迹……

　（选自作者微信）

王威洋的诗

超市要打烊了

大概是前些天的争吵所致
我们把日常的生活用品
列在了备忘录里
当务之急，那些要紧的部分
每日亲昵的常态
我们要通通
塞入一个小小的麻袋
还剩一秒钟的时候
我们要进入收银台那头
进行一次检阅
她迅速将多余的碗盘
塞了回去
怕我们在回家的路上
碎满一地

    2017. 9. 10

新　家

我的房间空荡
她搬来了
拖鞋，被单，洗面奶
她说不是我
而是我们，接着我
就变成了我们
夏天已经不在
尽管它还没有放弃
原本的温度
但我们早已用
另一个温度代替它
效果不变
当热水冲在我们的身上
那是恒温
还有她不轻易
露出的一粒虎牙

2017. 9. 9

阳台上的灯

夜晚我还是习惯
打开阳台上的两盏灯

就像高高挂起的大红灯笼

即使白天，也有个东西

被它们牵引

它们牵引另一个世界的人

来到这里

和我的身边

这是你黑暗中

的桥梁吗？爸爸

2017.9.9

我们急需租一间房

他的房子，缺少家具

虽然很便宜

能遮住两个不害臊的体态

在下雨的天里

我和她不用四处行走

在雨伞下低头，数水坑了

但是他的房子

终究是缺少家具的

我们远走他乡，也流落街头

我还是不能够接受

那几个平方米的空旷

2017.9.4

（选自微信公众号"橡皮文学奖"）

月末想出去走走

查看了几趟列车，没有一趟
有行走的快感
我们说走就走，其实也
没有什么地方可走
有一堵墙挡在你的遐想里
甚至无处可走，我看了看天上
我感觉到手里
时常有把冷汗

 2017. 5. 27

后青春期

下班后的空气里
盘旋着酒的味道
窗外晒着我的内裤
和另一个女孩的内裤
它们挂在那里已有多日
她也多日没有出现
当我们都不在家的时候
就没人会去打扰
透过窗子

它们在风中的摇摆

2017. 1. 19

（选自《汉诗》2016年第四期）

王维成的诗

丝绸之路

一条穿越历史的生命线
连接中外绵亘古今
千年的拓土开疆
脉络清晰源远流长
见证了民族的荣辱兴亡

一个泱泱大国的气脉
不变的信仰
生生不息流淌
荏苒岁月风雨苍茫
际会风云环宇激荡

一种前进的铿锵
根植进步的希望
跨越群山沟壑
蹚过大河大江
追求卓越的史迹皇皇

一部波澜壮阔的史诗
英雄踏出大道
天堑变成通途
经天纬地而生辉
彪炳千秋而流芳

一曲气贯长虹的浩歌
声声驼铃传响穹苍
柔柔布匹穿越宇宙洪荒
滚滚向前凌空翱翔
寰球大同伟业共襄

一路烽火　一路荣光
凿空西域的仆仆风尘
封狼居胥的赫赫武功
驰而不息的绚烂写照
飞舞强悍王朝的胸襟志向

一路传奇　一路歌唱
敦煌莫高石窟飞天乐舞
融贯西东荟萃典藏
迸发出艺术的光芒
绽放璀璨艳丽的馨香

一路荆棘　一路华章
玄奘的坚实步履追求理想

鸠摩大师苦心孤诣播撒佛光
追逐星辰的雄心用脚步丈量
西去东来天籁交响

一路风情　　一路辉煌
西域三十六国的欢歌笑语
在大漠绿洲深处回响
长河落日的盛景
光彩流离大唐的气象

一路图景　　一路光芒
马可波罗游记
呈现东方大元盛世昌隆的胜况
激越西方无限神往
地理大发现令探险者痴狂

一路精彩　　一路雄壮
云帆蔽日浩浩荡荡
碧海银涛商舸逐浪
七下西洋功标大海航
炎黄风采四海传扬

一路慨叹　　一路沧桑
全面海禁古道荒凉
天朝迷梦沦为东亚病夫
失去往昔的生机与活力

血泪写进屈辱的篇章

一路传承　一路图强
架起传统通向未来的桥梁
中国联通世界
时代点亮梦想
一带一路构筑天下福泽四方

　（选自作者微信）

王宇的诗

经万福河南行得句

水还在流淌的地方流淌
我风尘仆仆，一脚烂泥
用三十年前的目光看着你

河堤有一段好走
大多数时候泥糊叮当
我常在梦中回到这里
野蔷薇盛开，小黄鲴、小鲫鱼漫上柳树滩
现在河水有些浑浊，有些腥味
仿佛就是我这三十年的经历

有一些坟墓和我相遇
有几片黄叶落到我身上
人生无非如此，活着的人不过是行走的墓碑

更多时候，我望着两岸没有人烟的田野
稻谷已经收割，明年还会生长
灌木丛中，一只麻雀向前扑腾

在天地之间留下一个坐标点
与三十年前没什么两样

山中行

1. 擦肩而过

身背乐器的僧人，与我擦肩而过
他们即将开启一场禅乐盛典
而我望着山顶的寺院发呆

青石台阶上，三个少女正在互拍
一群喝酒的男人举起相机
把她们偷偷拉进镜头

擦肩而过的人，像一片一片落叶
交错，分离，打着旋儿
朝不同方向回归大地

薄暮降临，从另一条山路下去
来时那么远回去那么快
这仿佛是一个关于人生的比喻

2. 互换

其实，沉默也是一种交谈
比如云朵问候山峦

比如小溪清亮，漫过青草，和我的双眼
冲洗城市带来的尘埃
而山川无言

在这刹那之间
我与他们完成了一些置换
血液换取流水，骨骼换取山石，毛发换取树木
那几点不大不小的烦恼，则交给天空
换成白云，来来往往

3. 山行遇雨

雨声骤起，所有人都奔跑起来
那些优雅与闲适
在风雨面前，如此不堪一击

大雨冲散了同行的人
电话，微信，手机定位都在说，大家很近
但就是看不到彼此

我也看不清自己
大雨之中，戴不戴眼镜都一样
我与雨中一切，都是虚无

（选自作者博客）

魏泽雄的诗

返湾湖

六月的返湾湖

蓝天挂着白云，是那么的纯洁、清爽

无限空旷，让我读出了坦荡豪放的胸怀

绿海般的植被随风荡漾

好似为人们弹奏生活的乐章

鸟儿空中飞过，留下串串的欢韵

晶莹透亮的湖水

让人和敬清寂的孤独自上心头

城市的喧嚣，寂寞的焦灼全部消散

啊，美丽的返湾湖

你让我扔掉了廉价的寂寞

收获了昂贵的孤独

还原了人性智慧的本能

回归了童心的自我

你和谐的自然环境，犹如一首美丽的诗歌

给人以悠扬的抒情，忘却了愁苦的叹息

你的纯洁、清净、宽广、美丽、透亮

我为你点赞……

（选自作者微信）

吴开展的诗

我想做个诗人

我想，草木是永恒向上生长的
世界终究是干净的
历史终究是澄明的
这样想时，我总时不时拉自己一把

见过太多的妄自尊大在无界的膨胀中
消亡。太多的智者陷入心中的杂草
和虚无，不可自拔
也见过不少的演说家企图指点世界
却无法自圆其说

似乎唯有诗人，获得了神的庇护
可以在文字中仰望和敬畏
荣耀的中央

时光书

异乡越走越远，我懂众省方言
马蹄和冷月，可泣可笑
暖于布帛

工作中以无为师，心中的那片云和月
用心用力，安生立命

故乡时近时远，拍着自己入睡的深夜
梦真到不像是梦
全是你亲亲的人儿

诗歌已似情人，爱中有恨
掏空了肺腑和肝肠

理想早已破烂不堪，羞于启齿
我依旧含泪抱在怀中
从容中高处羞愧

身体的旧疾和新的裂缝似悲喜交集
已全面失守
把胸藏的刀斧弃之流水
谦卑之心是自备的良药

岁月的账单已无从核算
抒情和叙事将是我的一生
我宁愿折寿抵命

答谢词

感谢研磨的耐心和自我的背叛
感谢悔断的肝肠和仇恨

感谢一些足迹触目惊心
感谢一些纯洁重现在废墟

感谢一个个反复出发的汉字将空白处填满
感谢爬上心头的蚁群和自备的深渊

感谢肉中的刺和无米之炊
感谢激情的语速和涨红的脸庞

感谢现在的付出和将来的赏赐
感谢地下的羞辱和天上的荣耀

感谢爱与不爱泾渭分明
感谢命在命中老去，爱已越过爱更爱了……

杨胖子

二十多年未见的杨胖子
时常到我的朋友圈来点赞
后来我决定，忘记那个在同学时代
曾把我推进河里的
死胖子

十二年

一轮生肖
使异乡真正成为异乡的
是一个肩背悬崖与忧伤的男人
在宿命里种下的远方
和迎风而立的勇气

沿途掏空的肺腑，结痂的灼伤
坚硬的骨头……已成旧中恳求
从容的良药

青丝滋生白发
有谁与影相随，有谁扬长而去
又有谁不动声色，相信命定的针眼
在对视中已相约来生

如果一生足够长
我希望去更远更暗的地方沉浮，问津生死
雪落成泥

让子弹再飞一会

请不要与我提大海，也不要探讨欢腾的世界
哲学，更不要替我操心远方和去向
我已备好了万般韧心，缄默而确切的光
像一只空空的酒瓶
虚怀若谷，尽管它空得让人有些心疼

让子弹再飞一会儿吧
我钟情这慢镜头里，势如破竹
绝望中的唯美。也允许你嘲笑
我的清高而颓废
我赞同一种说法，"遗憾才是艺术"
悲伤已尽，悲欣交集正好别离
借旧事纵情一哭
与分别良久的自己相遇
直到我们指认出彼此内心的险境
和销魂的战栗

（选自作者微信）

吴位琼的诗

莲花赋

那些燃烧在尘世深处的火炬
每一朵，都是一个高傲的灵魂
每一朵，都是我们曾经
失散的自己

倔强，孤独，洁净
艳而不俗的
站立。在清澈见底的
荷塘之上

用最悠远的香，最朴素的果实
证明：红尘之内，随俗之外
还有横而不流
遗世独立

如　果

如果诗歌能让我感觉到

快乐，我情愿放下快乐
去寻找诗歌
如果快乐能让我感觉到
温暖，我情愿放下温暖
去寻找快乐

如果温暖能让我感觉到
尊严，我情愿放下尊严
去寻找温暖
如果尊严能让我感觉到
爱，我情愿放下爱
去寻找尊严

不如沉默

抹不去的，不一定是痕迹
唤不醒的，不一定是睡眠
一个字写在纸上之后，它就脏了
一句话说在风中之后，它就散了
真不如，不写，不说
真不如，默默地做
一个对牛弹琴的人
对着比牛还牛的人
能有什么好的曲调

如果不懂

还不如沉默为妙

此刻大雨倾盆

此刻，窗外大雨倾盆
我再不可能
蛰伏于墙角深处
无病呻吟。想到多少
正在睡梦中的人
可能在一场洪荒中
痛哭，挣扎，漂泊
以致家园废弃
除了惜福，我再不可能
为自己的侥幸
冷漠，或者窃喜

此刻，我突然向往
朱自清的荷塘
陶渊明的山岚
以及谁谁谁的巫山云雨
同样都是水，怎么人家
那么朦胧，那么闲适
那么诗情画意
不像眼前这场雨
哗啦啦下了个稀里糊涂

人生不过一双鞋

不要逼一个人窘迫难堪
人生，不过一双鞋子
合不合脚，只有穿过了才知道

我们其实都在抄袭别人
鞋子这东西，说来还是
古人发明的。所谓创新，不过是
在前人基础上多了些花样

我穿过皮鞋，也穿过布鞋
有时还咬着牙赤脚行走
因此从来不在乎
那些鞋子的等级
优不优质是要自己感觉的
合不合适是要自己做主的
只要坚韧平实，只要抗磨耐压
只要是我自己想要的，即使普通
又有什么关系呢

鱼与熊掌

就像现实和理想
鱼与熊掌，谁不想

二者皆得

我常常怀有这样的理想
有一个属于自己的
书桌，电脑，静静的书房
我能够坐在自己的花香中
写一些尘世之外的悲喜忧伤
而现实却是
书桌堆满奶粉和玩具
电脑已找不到昔日的密码
房间临窗处，仅仅只能
容一张榻榻米
冬天寒风拍窗，夏天暑气当头
我又拒绝用空调
一场好梦时断时续

这辈子，除了行僧
谁都只能直面现实，做一条
游走在尘世的鱼
而理想，什么时候才能
像阳光射进纱窗一样，成为
触手可及的现实呢

（选自作者诗文集《孩子，我相信你》）

238

小桥的诗

路　口

我一次又一次一个人
站在路口
不知道向南还是向北
不知道前行还是停止
我不喜欢这样子的孤独
就算走错了
也没有人叫你回头

夜里的闹钟

这个夜晚
我只剩下一副皮囊
我能听见闹钟的指针
有节奏行走的声音
我能看见闹钟的指针
反反复复从起点到终点
它们那么像我
一辈子

也走不出那个圈
直到
耗尽自己的生命

夜里的闹钟
在诉说
又好似在挣扎

暧昧者

用词组搭建起来的美
是散文
那些虚拟的人
好人更好
坏人更坏
是小说
还有一些我似懂非懂的
现代诗
我
一直在文学的边缘暧昧

朋友圈

天亮的瞬间
开机
微信

朋友圈里

找你

又是一无所获

没关系

还有很多的时间

我都会忙里偷闲的

在朋友圈里

找你

（选自作者微信）

秀夫的诗

清明，初过大佛寺

大佛寺深藏在四月天
它的左边，是一片空地，后面一汪池塘
至于右边，除了记忆中的所谓灵寿山
在书本上耸立
我已记不住还有什么，在红尘外游离

大佛寺里有菩萨、香火、信徒
甚至斋饭，我去的时候
多半是为了看烟尘缭绕，或者
听些和尚们念经的声音，它们越过屋顶
飘飘荡荡，然后遁入空门

慈心早已不在，这个和我谈过经的和尚
或许早回到了南岳衡山
只是法师坐过的蒲团，还在原地
仿佛去年池塘里结的莲子
尖芽冒出水面，等待来日开花

惦念亲人的生老病死，我这个不信因果的人
今天经过这里，听到声声祈告
不由自主地，放慢了脚步

我们的春天此起彼伏

四月将尽，我从祖国腹地的平原出发
一路辞别繁花，一路不停向北

那些曾经开过的姊妹，桃花、梨花
在动车的窗外，在西三环央视虚幻的灯塔下
——闪过，她们在季节的怀抱里
复又归来

更远处的海棠、玉兰、复樱
还有黄灿灿的迎春
哦，迎春，这个迟到的词汇
让我此时多么伤感
站在窗前，遥望江南，我头脑里的熏风
已深入，你款款摇摆的薄薄衣襟

我见到花的笑容，更加想念
爱花的离人
你说，我们在花朵的次序里行走
我说，春天和我们一路，此起彼伏

下午，在风中

透过宽大的叶片，我看见了抖动
我看见了风

阳光如筛，留下一样的斑斑点点
恍惚之间
我的童年穿过风的屏幕
他就这样，一声不响，来到跟前

他的脚步，比风还轻

玫瑰之烬

在火焰的顶端燃烧
越接近越慌乱越潦草，即使是在寒冬
一场大雪也无法，妥帖地覆盖一切
这些爱的灰烬
在情人的眼眸里，优美冰冷
如四季代谢的花瓣
仍在心底，翩翩空转

也许不该惊醒你，这样坦白的日子
把玫瑰放在手掌深处，即使
握出冰冷的温度

也握不住一种，倾倒不尽的美丽
你再鲜艳些，放荡些，直至拿走今夜
和水声一起
误入别人带刺的春天

什么都来不及了，即便我爱你
也阻止不了你突然降临的
熄灭，只一首诗的时间，你在我的窗外
盛开，为这个以玫瑰命名的节日
我耗尽气力，用整整一生的想象
为昨夜你的暧昧，守灵
这时候，满屋子的月光
已哭得一塌糊涂

倾 听

一直以为，我是用耳朵听到自己
就像你说话，我听到的那样

今天，我捂紧耳朵，对自己说话
我大声叫喊，或者耳语
换了许多方向，声音却依旧那么清晰

终于我明白，倾听自己，和我倾听你的
方式，是多么不一样
我用头骨振动，听到自己

我用空气，听到你

在大冶湖边想一个人

为了安静地想你，我站在夜色之中
在这个叫大冶的地方
湛月宾馆的二楼平台，一眼望去
到处灯火陌生

记忆深处的每一点，现在都归集于
湖北的岸边，今夜的雨声
像家乡一样，细致入微

我已不在乎它是不是叫大冶湖
或者叫金湖了
我希望的是，湖面设法再开阔些
这样，面前的青龙山
就挡不住吹向你的微风

（选自作者微信）

雪峰的诗

南新河

打鼓泅的少年离开了
划着清波 "嘎嘎" 叫着的鸭群离开了
堆成小山状的收粮的船队离开了
罩鱼的汉子离开了
扎着白毛巾捧水喝的姑娘离开了
浩浩荡荡的鱼群、青蛙、蚂蟥、水蛇离开了
水里的灯笼草、芦苇丛离开了
水面的树影、蓝天也离开了……

你寂寞的眼睛有些疲惫
尽管南风依旧在吹着
没有人能牵出你柔嫩的青春
你一定有些纳闷
站在深秋的河岸边，孤独如影随形
那些曾经汹涌的水，在远处呼唤
那些光亮的词汇，无影无踪

我依稀看见，你身后的冬天

越来越近，几近辽阔

大垸坡

大垸坡其实是一汪湖，一汪不算大的湖
这里草色葱茏，水势浩大
四面八方来的水，编织了浩浩荡荡的春天
儿童们把阳光掰成碎片，戴在头顶
有野鸡在歌唱，有白鹭在舞蹈

映日的荷花红啊。邻居的春梅姐姐
手举莲蓬，在荷丛中穿行
她扬起的手臂，是一段雪藕

大垸坡，我们春夏挖猪菜，放牛，砍柴火
秋冬采菱角，摸鱼，烤野火
这些常规的家庭作业，或者被落日传送
或者被炊烟缭绕。那些欢快的叫声
如同露珠，一颗抱着一颗，一颗挨着一颗
如同云彩，歇在颤抖的草丛尖

我们活着，许多这样的生活
没有走远，不会走远

坟

就这样躺着，躺在我身体的低洼处
也是村庄的低洼处。以
泥土的方式，以草的方式。这是
它们的宿命吗？我
有些犹疑

草是长在土上的，土是长在水上的
水是长在身上的。此刻，我身上的水
平静如初

记起母亲曾经的感叹：
人啊，离不开泥土
活着，要土养；死了，要土埋

不是所有的水，都干涸在河床里
至少，还有许多，干涸在
天空中——

我抬起头来，远处
河滩宽阔，炊烟散漫。夕阳
把她的血，洒满天空

血染的天空下

一座坟，在村庄的低洼处
在我身体的低洼处，郁郁青青

一颗脱离身体的心

想起秋天的树叶，它们
义无反顾地落下，轰轰烈烈地落下
它们，砸在大地上。卷起滚滚烟尘
一地萧然

想起那些雨水，能够擦亮天空的
雨水。它们把积聚的哀愁撕碎
浇在树叶的正面。让阳光
无能为力

想起一部过去的电影，电影中的
那些朋友。他们意气风发，他们
爱恨缠绵，他们阴差阳错，他们
泪眼婆娑。最后，列车远去
他们凄厉的叫声，被汽笛——淹没

（选自《中岳诗刊》）

雪鹰的诗

夜　鸟

星空下，一只夜鸟从楼顶飞过
缓慢，又有些慌张，只一瞬
就消失在黑暗中。我站立
阳台上，一扇扇窗射出的光
映亮它腹部；夜幕中一团模糊的
亮色，我猜想是刚从南半球
迁来的白鹭，曾于晨曦中
和同伴悠闲绕过青碧稻田
它没有鸣叫，翅膀扇出的声响
和心脏猛烈的跳动，全被马路上
汽车的奔跑和室内的电视淹没
我难以做出精准的判断
是什么让它失群？连夜飞行
是要扳回那被耽误的行程？
莫非受了伤，或者贪恋某条小河
事情也许完全悖于我的臆想
它可能是另一种鸟，也不赶什么时间
它喜爱孤独，黑夜飞行，只出于

某种习惯，不含任何目的

下 午

下午把阳光映得河水样透亮
电动车冲上堤顶，刹在蛙鸣中
风轻快吹拂，河滩上麦浪
翻涌那写不完的激情。青草
和麦粒灌浆的香气飘浮
耸耸鼻子，纵目远眺，翠绿的
田野和村庄宁静、祥和
一声鸡叫传来，立刻被不远处
高铁的奔驰淹没。豌豆紫色的花
渐趋开败，青嫩的荚正在成形
豌豆妈果鸟需再等段时间
才听得到它催促的叫声，那时
割麦插禾，家家风风火火
要是白鹭飞临，它洁白的毛羽
和悠然的姿态会让忙碌的我
心生妒羡。一只蝴蝶贴近堤坡
忽上忽下，一个放牛的
老人摇晃走来，步履缓慢
身影被西斜的阳光拉得又瘦又长

罂 粟

在乡下，每到四月，骑车路过
农家菜畦，会时不时看到
罂粟，这里几株，那里一撮
躲闪于莴苣、茼蒿或豌豆苗间
仿佛从事性工作的女子
我曾用妖冶比拟它的花色
用丝绸和火焰形容它的
花瓣，红的赛过玫瑰
紫的叫人心碎；笑靥荡漾
又冷艳得如血凝固
正午的阳光下你不敢久视
又忍不住停下车多看几眼
乡村酒宴上，热腾腾的肴汁里
它的香拽住胃，勾引欲望
骨头一阵阵酥软，想挣脱
又难以抗拒，如陷语言的魔阵
目光掠过灶膛红绿间杂的
火苗，窜回阳光照耀的四月
在乡下罂粟的功用仅此而已
值得惊怪的是：面对那美
好多人看一眼就会痴迷

牛背鹭

一块正在翻耕的水田
立着十数只牛背鹭
它们颈部，橙黄色羽毛
比翅膀的白更吸人眼目
当拖拉机开向它们
它们只轻松扇了下翅膀
就把身子挪到一旁
轻盈，一点也不慌张
仿佛拖拉机是它们朋友
我不知它们是否认识
这个突突突冒烟的怪物
它的排犁毫不费力
就把一垄垄荒草埋进那黑亮
闪烁湿漉漉光泽的泥土
它们瞪视，侧着颈
似乎在惊叹，从内心发出
赞美；又随时准备飞离
当犁犁出新的犁沟
它们中就有几只
抬抬翅跳过去
低头在那沟里啄食

立　夏

北方突降大雪
大兴安岭火灾救援队的补给车
冒雪装卸物质
火势激发的天变
让飞机坦克也派上了用场
而京城沙尘暴再次来袭
灰蒙蒙的天一下子就把我们带进了
旧社会；戴口罩出行的妇女
表情严峻。十字路口
一名交警挥手
他肯定不是在乱指挥
大风刮倒的树
正好砸中一辆小轿车
那位司机的伤情
因要对付蚊子叮咬
我没听清
在蚊虫猖獗的南方
一场暴雨就让漂亮整洁的大街
变成浑浊肮脏的河流
这种新闻年年都有
像梦魇，只是今年来得早些
在刚跨进夏天门槛时它迎面扑来
似乎在提前警告我们

你再狠，也狠不过老天

伪装者

我伪装着。在夏天和秋天
平野无风的傍晚，夕阳正把天空
烧红；一条游走于草丛的蛇
或者用泥土把身体埋掉的青蛙
我用异乡的语音同朋友交谈
电话里，听到他们脸色
惊异。裹条围巾，戴副墨镜
混迹大街熙来攘往的人群
躲过头顶的摄像头，闪进酒吧
斜眼偷窥，看是否有人
识破我面目。我歪仰脖颈
大口牛饮，一副豪放样子
完全不把喧闹的酒客放在眼里
我醉醺醺跌进家门，迎着寒冷的
刮下一天大雪的风。背后
他们都说我一脸本真

怀　念

你在漆黑的夜晚见到了你祖母
那个牙齿掉光都没死去的女人
坟头的草青了黄，黄了青

256

一直靠一块墓碑活着，在你心里
你曾指着碑上的字对女儿说
这儿埋着你曾祖母，一个小脚老太
八十岁了，心算力仍然很强
那年炸米花糖的来了，她牵着你
去炸米花糖；付钱时，人家计算器
还在运算，她就得出了结论
跟高科技竟分毫不差
他们都惊奇地望着她，满眼佩服
我一见你兴奋，就知道又要
跟我讲你祖母。每次同你喝酒
你都要讲她，不同的是，这次
你说你祖母已离开了那座坟墓

（选自作者"诗生活"博客）

砚浓的诗

秋的历史

满怀春的甜蜜来到夏日
我们热烈得无以复加

几番沉静之后，你怀疑
今秋，不宜于爱情

万物渐始凋残，包括
这一弯月，已不适合邀来话酒

追溯文字记载的秋的历史
每一行都写着忧伤

钓

水面偶尔几圈涟漪
呼应柳枝轻摇
当你用鱼钩鱼线锚住自己
一切都归于平静

水上水下，都是风景

江汉平原

水，缓缓地、闲适地流
河边吸饱了水的沙细腻柔滑
被裹住的脚全无悔意
不想自拔

打乒乓球

轻削、硬挡、强拉、劲扣
左冲右突
每一次招架与进攻
都要把乒乓球处理到台面上

如果上不了台面
你就是失败者

家住三楼

我住的小区不如隔壁
近乎闲置的除尘设备厂开阔
那里花团锦簇，绿树成荫
302 的后窗接近香樟的树冠
每到清晨，小鸟结伴来叫我

我们之间亲密，一如发小
他们体谅我不会飞
三楼的高度，每天几遍
爬得辛苦

父亲的夏日

高速公路碾过村庄
从小树林身上碾过
从禾场从荷塘
碾过父亲的脊背少年的脚印

晴热夏日，我的老父亲
拒绝开空调
轻摇蒲扇，守着穿堂风
守着对夏日的尊重

当初的少年坐在老父亲下风
仿佛置身于荷塘边的树阴里

（选自作者博客）

杨汉年的诗

家庭作业

不要将袜子和内衣裤混为一谈
它们有属于自我的隐私

要将掉色的与喜欢色粉的区分开
即便是一件衣裳它也有洁癖

柔韧度不够，将因随波逐流而起皱
哪怕轻微的摇滚也使其变形

由于承受的扭力有所不同
有些服装会突然长大

丢在电视柜里的用户手册
从来没有这么明确地讲解过

当一个家庭主妇不便亲自动手的时候
她会叉着腰，啰七八嗦

给站在洗衣机旁不知所措的男人
及时补上这奇葩的一课

注：此诗系 2017 首届武汉晨报
"地铁诗歌节" 获奖作品（二等奖）。

句法学家

准备吃晚饭的时候
被朋友叫去喝了一点酒
如果相聚完全是为了别离
这样的时光应算作意外之喜
杯子还端在手中
微信和电话都来了
店铺的卷闸门关不拢
好像只有我在场
才能整得它乖乖听话
无奈何，只得冒雨回家
一个中年男人的责任心
趁我微醺时
以正经的令人生厌的句法学家身份
将这个充满诗意的黄昏
一下子改得离题万里

饲养员

我正私下写一首
拿得出手的诗
打算下一个星期四
赶路到牲口市场去卖掉它

在手机的便签栏里
投入大把的空闲时间
耗费了心力
指望获得一个好价钱

你看这品相骨架
多少人在评头论足
行家们围绕着它转圈
都被惊呆了

漆黑的凌晨醒来
没有反锁的门耷拉着
躺在床头柜充电的手机
被顺手牵羊

警察拍完照
带我到派出所
登记具体被盗的现金和物品

签字，并按上手印

临走前仍被再三盘问
最近都在忙些什么
有没有发现身边有形迹可疑的
比如在夜晚，在手机便签栏

同你一样也想将一首诗
喂得很肥的人

蜜　蜂

菜市场喧闹的早晨
停在一只蜜蜂的翅膀上
没有谁在大清早就板着一副冰冷的面孔

我若是还想睡个回笼觉
就不可能看到
一只蜜蜂在装满白砂糖的小桶上跳舞

我们都声称要热爱生活
但它总是在我做梦的时候
只用细微的震颤问候那些早起的人

它似乎每天都围着这只糖桶转圈
仅限于这个小镇的早晨

没有人恶意地赶它走

成年人都有一只腰身粗的桶
多少会含有点糖分
不可能一下子就被舀空

当太阳还没出来的时候
我总是先喝一杯原磨豆浆
然后开门迎客，身体会不自觉地

发出一种带有间歇性
有时候连自己都要张大嘴巴的
嗡嗡声

洗衣机里收到的鸟鸣

母亲劳作后换洗的衣服
在自动洗衣机的工作完成时
我把它们从桶里拿出来
有几颗豌豆从口袋
掉在顺时针旋转的涡轮上
发出清脆的撞击声
我低下头
伸手将它们捡起
放一粒在口中
咀嚼着光阴的硬度

来自田野的信箱仿佛突然打开了

那是好几个月前的耕种时节

我想出去溜达

而一直没有脱开身

我已经到了耳顺的年龄

将一片隐藏在睡梦中的原野

又一次荒废了

如今，这带着大自然密码的鸟鸣

那一声声催促的提示

仍在惆怅声中拖长了尾音

（选自《中华文学》2017.2 总第十八期）

杨华之的诗

黄　昏

黄昏时母亲坐在门槛上削土豆
一池蛙鸣漫过来
一轮明月流下如水的光
青绿的气息飘荡在
我鼻翼，它来自
母亲的衣襟——
这是三月，万物生长，小麦拔节
母亲刚从地里锄草回来
淡黄的袖口被染成草绿色
我趴在她背上
听她的心跳还和着
急走的鼓点，她的面颊却呈现出
平静的光。我的缠绕并没有
给她带来丝毫懈怠
面对发芽的土豆，她专注
从容，旋转着刀尖
为我逐一挑尽这生活中的毒

（选自《绿风》2017 年第 4 期）

叫水碗

这是祖传的秘籍，还是她的发现
我无从考证。头痛的夜晚
她总会，端来一碗清水
让三根打湿的筷子，试图立在碗中
她一边做一边念念有词
叫上那些死去亲人的名字
当筷子立住，叫到谁时
她说就是谁摸了我
一把米和几张冥币就是治病的药
这样的事总是灵验。但那一次
她割了五亩水稻的手臂
总是颤抖不止。她叫到了
离世多年的爷爷、奶奶、外公、外婆
叫到了隔壁的张大爷和
村头的孙老爹，半个时辰过去
三根筷子总不听使唤
孤魂野鬼也没逮住一个，第二天
我的病，却好了，她说
心诚则灵，这也是叫水碗的作用

（选自《飞天》2017 年第 4 期）

遇见一棵红枫

半山。峭壁。无尽的阴影
一生的禁闭要等多久
才能触摸到，一米开外铺张的阳光

根须张开尖利的爪子，探进
岩石腹部。躯干下斜
好似无力承受一只山鹰的沉重

虬枝攥着几片稀疏的叶子
兀自红着：它并没有失去
滋养它的天地之灵气

它把所有的信念举过头顶
年复一年地渴望。它要向天空讨要
属于它的日月光辉

当鹰拍了拍翅膀飞向苍穹。红枫
荡起秋千：眼看着就要
坠下山谷——不，它又飞起来啦

又见芦苇

一直以为，芦苇生长在平原

269

无水不能存活。在白牛山
悬崖绝壁处，我的观点，被再一次更改

不知何时它才枯萎。时值深秋
草木开始发黄凋零
一根根嫩芽，从芦苇丛冒出来

就像面对一个个山民
他们活得，绿意盎然，与世无争
我不得不，双手合十

（选自《华语诗刊》2017.8.25）

说伶仃

这里不是我的起点，也不是
我的终点。关于流浪
我已走过千百条道路，却没有一条
能供我搭建一顶小小的帐篷
更多时候，我不过是
一片小小的叶子，把内心的阳光
和雨露，献给挚爱的大地。而一阵风
又把我吹向流水。比如，曾经
我被珠江口含住，却被当作
致病的毒素。现在，她张开大嘴
以一声咳嗽将我吐出
我只能，怀抱一厢情愿的爱和痛

与暮色中的伶仃岛遥遥对视
当千帆过尽，群鸟归林
被谁遗忘的一阕宋词带来了清冷
退去的潮水重新奔腾在我心中
我挪动脚步，无所适从
像一只被浪花抛弃在沙滩上的小海螺
为赋新词，我不说愁，说伶仃

喊故乡

必须捂住抖动的双唇，才能
让久违的斑鸠和灰兔，在晴河岸上
再停留一分钟。陌生使恐惧一步步加深
它们怀揣警惕，已做好逃窜的准备

我仍旧没有喊出那个滚烫的词——
多刺的奶马藤锁住了谁家的大门
野生的苦楝，高过屋顶
为几只练习飞翔的母鸡扯开屏风
我猜不透它们为了坚守，还是远离

喉结车轮般滚动。声音却来自于
三十里外火车的奔腾。它们不知疲倦
日渐剥离着故乡的灵魂和思想，只抛下
一座废弃的荒园无人应声

当我终于扯开嗓子，喊出
故乡的名字，已是在三千里外的南国
从东莞、从茂名、从深圳、从佛山
从一个个不知名的小巷里，一下子冒出那么多
故乡的子孙

（选自《作品》2017 年第 5 期）

杨远林的诗

方　向

秋　　已走得很远
那叶却在我的眼里
思念的日子
如雪飘飘洒洒
那情却在我的诗里

岁月　　冲洗着色彩
那人却在我的梦里

幸福一个价

儿时　　母亲常说
我是八角钱捉的一个猪娃
就一张嘴
"怎么一个猪娃就一张嘴呢"
我不懂其意

小学了　　老师也说

我是八角钱捉的一个猪娃
就一张嘴
那神情温馨的深度犹如母亲
其意　我不懂

后来　长大了恋爱了结婚了
同样的一张嘴
多年来老婆也未能开出
不一样的价

炊　烟

你袅袅升起的
哪里是炊烟
分明是根长长的纤绳

不就是儿时的那会
我帮妈妈的灶里　塞过
一把柴火
冬去春来　你为何
老是这样系着我的梦
像系着纤夫一样
催我远航

伤　口

我一直潜伏在
乡愁的伤口
不敢乱动
故乡
两个字

去过无数家思恋的诊所
均被告知　水乡的
花鼓戏和嫩黄的油菜花
只能谢在我的梦里

多年后　那个在唐诗里玩耍的儿童
会不会为我　跑出书本
笑问　客从何来

门槛小忆

还记得，啃
泥巴的那会
你，绊倒我
奶奶用棍子打你的光景么

（选自作者博客）

余述平的诗

我常常在内心里滚动石头

我的心其实很小　根本容不下
沙子　这片牧场　就像夜晚
一次小声说话　全世界都要张开
耳朵　所以在深夜我不说话
而是在内心滚动石头

这个不说话的老实人　用硬度
造出山　在高度里沉住气
但在深处　它被埋没的部分
一直都蹲着惴惴不安的火山
现在我要推掉一些石头　让它们
在我内心里滚动　长出房子
给它出路　给我家和呼喊

在这样的深夜　别人睡了
我在做护胸运动　让一座山
在我怀中崩塌　我的内心
充满石头　拓荒的疆域在扩大

我用一匹马带着石头跑
跑出遥远的天外

致故人

荒野上的苦菊　我的故人
在石头中散发清香　纠住风
缠绵

花是开了　不在乎谁在身边
有一个唠叨的人
叫沙

一直不走远
相反脚步都在身边　沉着气
让一个外人　抱着花
捆住自己

地是敞开了　一帮人
比苦菊更狂放　更散
散漫到骨髓　像一朵花
紧抓想逃离的故人

孽　障

它是我一辈子的孽障　在我身体

神出鬼没　像个朋友赖着不走
直到成为我的反骨

我常常被它折磨得遍体
鳞伤　但它始终管着我的嘴
和血管　呓语和诗都通过它
喷口而出　从不恰到好处
每一首诗都带着酒精度
词根埋着火

它一副水样　养着被炒过的
菜　在胃里重新变成水草
这狂放的草原放牧朋友的牛羊
在自己的庭院　听见朋友离开了
还在我梦中歌唱

既然摆脱不了　那我们就为它
建一座宫殿　这座神
我们不能怠慢它

我愿意

我愿意成为一只虾　在水中
被鱼肉　这场追赶
决定水的出路和内容　鱼获得了
食粮和喘息　它会睡下

我赢得了奔跑

和繁殖　这场战争让我拥有

多个生殖器　这个超级核武

儿孙满堂

撒下一河的水雷　让再凶猛的

鱼　耗完了一生

也无法破解　我精心设置的

布局

风也有老的一天

你是土地的王　被云朵戴上高帽

在浪尖上走　在泥土里跑过

大地上的事你说了算　你只听从于

云朵的爷　你吹开了泥土

在唾沫里长出禾苗　和杨柳的

细腰　吹开花　做你招摇的妻妾

谁也不敢给你提意见　谁掀谁的

屋顶　大家都躲着你

这是大地上的寡人与侠客

你的出手　从不收回

你也有累的时候　万物借机生长

到了秋天　大家不再理会你

果已成熟并且沉重　你再也带不走

它们　你一声比一声紧张

但已无法阻止大地的收成

你东奔西走　在冬天里倒下
风也有老的一天　它的头上
长出了大雪的白发

脱离之象

秋天来了　一些禾苗要离开大地
一些果要告别树　它们留下
坑洼与节疤　像一把刀
分开了皮与肉　这分离的肿瘤
在秋天传染　人们来不及清理
他们都跟着果实跑

伤口忙碌　来不及修身养性
这场脱离　让它彻底脱下衣衫
它怀抱的果实　还没喂奶
就已装进别人的箩筐
等待别处和快递　托运的脸
不让树有任何扭转

细小的河流被秋天抽干
在干涸的土地上欲哭无泪
它只有在裂开的伤口中找到
出路　就像我们的心
走出了心脏

（选自《红豆》2017 年第 1 期）

余生忠的诗

画

为远游的故人
画上一轮满月
思念家乡时
画里有母亲等待的背影

秋月里
为静美的秋画上一缕秋风
吹散秋天最后一片落叶
落叶演绎着归根

秋收的季节里
画上红铜似的脊背
操持着镰刀走向麦田
身穿西服的我怎么也不会收割

为走在迷途上的孩子
画上一双从灵魂中鼓凸出来的眼睛
审视自己的初心

现在的我该何去何从

为一个诗人
画上一纸素笺
写下有关亲情、爱情、友情的诗歌
还要把你写进一首诗的浪漫

风中的回忆

今夜，借着幽静的月光
把你写进一首诗的浪漫
秋风肆意地穿过街角
你的身影模糊了夜的蔚蓝
那灯火阑珊处的你早已不在
秋日里指染了秋的凉意
思念如冷风般灌入心底
却停止不了思念你
在那场落叶中与你相遇
没有海枯石烂的诺言
却又天长地久地厮守
心中早有一颗爱你的种子
浇灌着世俗
在红尘中长大
静静倚在窗前
一纸素笺写不尽过往
早该放下手中的笔

停止临摹你的美

让秋风埋葬记忆

（选自作者博客）

袁振寿的诗

谷穗低下了头

阳光，用灿灿的金黄将谷穗染透。
时光，让稻田里的谷穗低下了头。

谷穗低下头，
是卑微，还是闲愁？
原来是承载着日月的精华
还有沉甸甸的秋。

谷穗低下头，
是无视，还是害羞？
原来是毕恭毕敬的鞠躬
感谢人们的耕耘和忙碌。

谷穗低下头，
是浅薄，还是懦熟？
原来是自我保护的姿态
让饱满的身孕无损无忧。

不过，也有少数的谷穗昂着首，
站在那里随风晃悠，
是高傲，还是轻浮？
原来是虚瘪的谷穗
空耗着肥养，挥霍着阳光雨露。
只有厚重的谷穗才低下头
洒下了一地金黄，
奉献出食粮万斗！

如　果

如果
时间可以静止不变
我会将岁月凝固
用深情铺路
搀扶着前生错过了的情缘

如果
往事可以重现
我会在时空的隧道里倾听你的足音
在时光划过的瞬间
把你牢牢地拽到我的身边

如果
美梦真的可圆
我愿守候在岁月的渡口

凝视着光阴远去的背影
等候着你的姗姗出现

如果
时光可以倒转
我愿走回那遥远的从前
让牵挂点亮思念的篝火
用记忆燃起相思的炊烟

（选自清风文学论坛手机客户端“诗歌中国”）

云儿的诗

偷偷的美好

阳光如沙子洒下
几片落叶在空中
画着风的腰肢
飘向一池湖水
早起的鸟儿
打着饱嗝叽叽喳喳
所有的美好都在这里悄悄呈现
恰好被我偷偷看见

醉酒的女孩

她文静秀气
活泼开朗
她不胜酒力
却一饮而尽
脸涨得通红她
趴在桌上
像一只小羊羔

她说她一点都不喜欢喝酒
她说人生嘛
就是用来买醉的

今天一定给你洗个大澡

大约有二十多天了吧
我已经记不清了
它每天还是和我握手耍闹
我们对着呵呵傻笑
只是它会不时地不停地
挠痒痒可怜的小眼神
盯着我老半天
那些可恶的虱子又长出来不少
比尔，我今天一定给你洗个澡
这段时间这句话我几乎每天都在重复

天塌下来了

谁信呀
我不信
你不信
她也不信
事实上没人相信，
天还在天上
但他们每次都这么说

众口一词
不知怎么，
我时不时还是抬头看一看
还下着雨的天

下雨星期天

不想唱歌
不想看书
不想发呆
朋友说，下雨天，睡觉。

窗台上的金钱草已安然无恙
前几天我从废墟里捡回来的
此刻，它并不需要多余的关心，我看得出来
一个夏天过去，
我已长发及腰，它
和金钱草一般茂盛。
有些末梢分叉，
我想自己修理一下，
一分钟两分钟……几分钟
一根两根……十根
后来是几根连一起剪掉的
一地的碎发
三千烦恼丝绰绰有余

天凉好个秋

昨天
下了一整天的雨
今天
一整天都在下雨

衣服淋湿了
我都不以为然

天凉好个秋
我只在乎它的"好"

妈　妈

那几年
我每天窝在家里，
自娱自乐
写字　画画　读书
妈妈说
去外面找份工作吧！
我"额"了一声
走的那天，
妈妈上班去了
后来我很少打电话回家

后来有人告诉我，妈妈病了
后来，妈妈就走了
我哭了很久

窗　外

蓝天白云下
楼峰挺拔
所有风筝上了天
我在凉台仰望
它们的自由比我高尚

（选自作者博客）

周从磊的诗

春意盎然

1

山水纵情于十面
埋伏。火烧云
悄然起身
躲过百转千回的色诱
万米冲刺
之后，灵婺
风光在江汉平原
一夜
形成湖北气候

2

我听见所有的稻草同一根
黄金的稻草
在说话
远方。还有牛轭
打碗花的芬芳、泥土的芬芳、炊烟的芬芳以及

麻黄草的芬芳在抽离
乡村的怀抱，扑进白兰鸽
春意盎然的妖娆与和鸣之中

3

我听见三月的长笛
同你的长笛
在亲吻，在辽阔的星空下
慰藉我和帐前
一匹白马
无休无止的仰望

五月，五月

……五月，秧鸡
向分娩的平原
祈万福。

你可看见
从借粮湖直到运粮湖
川流不息的马队；
你可看见
章华台流火的铭文
和众擎
易举的宝鼎。

五月、五月！
长缨布秀的少女
与羊信步
在兴隆大坝上。

你可看见
麦陇上挥汗如雨地扭着
秧歌的农民兄弟；
你可看见
酒醉的牛栏和太阳花
亲吻的秘密……

（选自作者博客）

周忠义的诗

秋　风

滑过眼睫
秋风暗含挑逗
握在掌心里的昨天
承载雁阵走远

树叶是春天最后的金币
为秋风舞蹈成蝶
一种抽丝剥茧的声音
来自故乡清凉的河床

秋风有时呜咽成短笛
带着旅人最后的爱情
掠过渐渐枯萎的草尖

秋　雨

窗缝袭来凉意时
秋雨从云朵出发

带着江南女子般的缠绵

远方的思念能挤出大片水来
向出生的地方飘浮

朦胧之中的等待
让夜色开始透明
我看见你的足迹涉水而来

秋雨洗净骨髓
让相对而坐的人
看到灵魂的安静

只是我们都不能储藏秋水
翻过那道山梁
秋光就散了

秋　声

于细微处的声音
你只能用心去感知

不是所有的秋虫都已噤声
它们不同的呼吸让大地起伏

万物都有细节

即使我们血脉涌动的声音
在秋天也有了别样的节拍

秋天的思想也会产卵
有很多从秋天启程的翅膀

有时秋声会汇聚成一些具象
滑动在我们的年轮上

（选自微信公众号"根在潜江"）

一个人的黑夜

关闭所有的门窗
让黑夜更黑
关闭所有的意念
让灵魂找不到东西南北
一个人的黑夜
伸手不见五指
伸手不见爱情
夜瓜分成无数分子
抵达更黑暗的地理
一个人的黑夜
眼睛是两把炫亮的刀锋
把黑夜分割成无数的梦魇

（选自微信公众号"世文正能量"）

诸葛慧静的诗

火

是酒，是水，是木纹，是石头
是凤凰的羽翼，是山花的开
是祖先的生，祖先的死

是楚人的发髻，秦人的胡须
是天的光亮，街的明灯
是油灯下母亲的孕育和叮咛

是青铜的激越，炎黄的血
是你万里河山的一草一木
是你千顷良田的丰收和锣鼓

是你心脏的怦怦和隐隐作痛
是山泉和岩浆的喷涌
是你与爱人呼吸的缠绕和灰烬飞升

水

像泪珠一样，期盼手掌
你的存在，稻花的香
凤飞鱼跃般的神秘
演绎冰霜雪雨的交响

蓝色的星辰，是你
永不坠落是神灵的旨意
山峦迷蒙，冰川年长
浣洗的姑娘，看见自己

运河之上，船来船往
南水北调，我的故乡
父亲的锄头，滚动着太阳
中原大地，干裂沧桑

金

散佚吧，成风沙之势
不要再回来
不要迷蒙我的眼睛

我要金黄的麦浪
我要玉米爆成花一样

我要柿子堆积着柿子

散佚吧，还河流以魂
还土地以松软
还太阳以光辉

我要牛羊满山坡
我要稻穗鞠躬尽瘁
我要将王冠赠给你

木

应是祖父坟头的松柏
由哥哥栽种，由父亲照看
由小侄子，耍玩

榆树，槐树，枣树
纷纷来到我们房屋的四面
将我们包围，还原

一百年，我和你
一百年，兴亡更替
烟火每年都在祖父的坟头燃起

终于，我和你
长成并肩的树木，终于

我和你，可以在一起

土

最后的最后，我知道
一定会有你的陪伴
——我温暖的祖国

我的祖国深爱着我
如同，我深爱着他
就像土壤紧挨着土壤

我诞生的地方土质肥沃
它给我麦子，给我食粮
给我拍不掉的身份在身上

恰逢，这土壤上有你
我们以泥土的身份相认
食粮紧挨着食粮

　　　（选自《雷雨文学》2017 年夏季号）

朱明安的诗

老 了

父亲跛着一条腿
从一辆车上趔趄着拎了各种蔬菜下来
说我不是专程送菜而是搭便车
谦卑地笑着自说自话
害怕我们责备
因为 80 多岁高龄出门不安全
为此，我们多有微辞
尽可能去看他或者接他只是不允他自作主张
他总是违规送来他园子里的菜
其实
菜的大半都烂掉了我们无力吃完
虽然转送邻居不少
每每我们夸他的菜新鲜环保
老爷子就灿烂了

传　销

又一次
看见父亲谦卑的笑
我犯了个大错误
他似乎对我们忏悔什么
我们都笑道您健康就没错
一台健身的机器
数千钞票与一个熟人置换
退货并理论熟人然后痛改前非
我挥挥手阻止他
理疗终归有点用老寒腿就按摩吧
不退也不用责备他人
只是夸大了虚高了
咱只销不传下不为例就好
那台机器偶尔用一次
放在老宅的墙角
老爷子的心智
还在儿童时代

孝　心

回家看老人选择时间
若儿子媳妇回来看我们
顺手带点东西与他们同行

几乎是家规
从未提及孝字
只是默默向老宅进发
席间我们端汤盛饭
餐前的搀扶
儿子媳妇选择了
接力也同样默默地不动声色
归途我享用儿媳剥好的鲜莲
一颗一颗从后排座递过
孝心

西湾湖

明朝，就有历史
这个地方与荆河堤码头比邻
富庶与美
绵延数百年荷花灿灿
匪患与洪水是近百年才发生的故事
直路河百年衰微
几易埠头仅余店铺数十间
西湾湖依然
荒凉与芦苇绿荷依然
荆河决口后沙淤占据了大半湖面
直至 1958 年
我的父辈从中原迁至这里火烧苇草
开辟农场

吴氏三代人

传奇故事是我寻找记录写下的

《云梦沧桑》女主人骑马打枪姻缘波涛起伏

吴济国中药处方潇洒的小楷历历在目

丹参红花麦冬半夏煎出的浓郁

弥漫西湾湖

读书打猪草

掏鸟巢偷桃写作发表处女作

娶妻生子行医贯穿西湾湖

吴家湾谭家湾盛产美女的村落

满是我好奇的足迹

炒米糖麻叶子满足移民后代的胃

拓荒后依旧少量的芦苇

茂盛随风

展露古湖湿地辉煌的过往

白鹭舞蹈呼唤

原生态西湾湖

父亲和我的老宅在湖中央屹立

落寞而顽强

老宅可以养老

父亲终老我终老

老宅归宿何以不是一种佳选

种菜写字

西湾湖老宅我的书房还在

面朝阳光满园子橘柿

偶尔伏案还有写字的灵感

只是当年的人物

面庞已老岁月刀痕浓重

好多晚辈已不知姓甚名谁

称谓不断升级

我老了

和老宅

和西湾湖一起

见证沧桑

（选自作者博客）

编者的话

　　《潜江诗选（1979—2015）》2016 年 5 月由长江文艺出版社出版发行后，短短一年多时间内，潜江先后举办了两次颇具规模、颇有影响的诗歌研讨会。

　　一次是 2016 年 6 月 24 日由武汉大学文学院、长江文艺出版社诗歌出版中心、潜江市作家协会联合主办的《潜江诗选》学术研讨会。於可训、樊星、昌切、金宏宇、方长安、叶立文、荣光启等十多位文学评论家、学者莅会，并有了"潜江诗群"的定位。於可训说："我觉得这本诗集很丰富，不光是取材很丰富，材料很丰富，方方面面的元素。然后就是内容很丰富，情感很丰富。还有很重要的就是，基本上把中国新诗近三十年来所走过的道路、所经历的探索，都汇聚到这本书里面了。"樊星认为，《潜江诗选》是对潜江诗人整体实力的展示。现在说诗歌边缘化，实际上边缘化其实是诗歌创作的全民化。潜江诗人不仅发自内心地喜欢写作，而且努力地想写出潜江特色。潜江诗歌不是地域化的名字，而是有一种审美特色、文化特色，让潜江诗歌展示得更加鲜明。同年，《长江文艺评论》《长江丛刊》等刊物先后辟专版推介和评价"潜江诗群"。

　　一次是 2017 年 6 月 24 日至 26 日由中国作家协会诗歌委

员会、湖北省作家协会、潜江市委宣传部主办，长江文艺出版社诗歌出版中心、武汉大学文学院现代诗歌研究中心、江汉大学现当代诗学研究中心、《江汉学术》编辑部、潜江市文联、潜江市作家协会承办的"潜江诗群"研讨会暨首届章华台诗会。吉狄马加、李少君、霍俊明、雷平阳、陈先发、西渡、张桃洲等近百位诗人、批评家齐聚潜江，就"诗的个人性和群体性"、"新诗的代际、流派与群体"进行深入探讨。吉狄马加认为，"潜江诗群"是一个自然形成的区域性流派，诗群的兴起也是诗坛繁荣的缩影，并认为当下中国正是写诗的最好时代。

两次研讨会，使"潜江诗群"得到了广泛认同。为打造"潜江诗群"这一文学品牌，全面、系统、可持续地展现潜江诗歌的整体创作风貌，同时为全省和全国评论界提供切实有效的研究文本和宝贵资料，我们决定继续编辑出版《潜江诗群（2016—2017）》，收录2016—2017年潜江籍和在潜江工作的诗人创作并发表的现代诗歌代表作品。

此次的编选原则依然是不厚名家，不薄新人，唯好诗是选，充分展示潜江诗歌创作最高水平。具体操作上实行主编负责制，同时成立编辑委员会和编辑部，负责来稿初选及编辑工作。

与《潜江诗选（1979—2015）》有所不同的是，《潜江诗群（2016—2017）》只注重突出作品本身，取消了作者简介，因为绝大部分诗人原在其中，为避免重复，于是作了选择性的考虑。但也有缺憾，一些新面孔，尤其是"90后""00后"没有以简介的形式亮相。好在来日方长，前行中的他们终将被人们所关注。还有一点，上次出现的部分诗人，这次没有再出现。原因是多方面的，他们有的是转入到了其他样式的写作，有的则是打个"腰歇"（潜江方言，意为劳作中稍作停顿休息，便于恢复体力以利再战）。他们还会回到队伍中来的。"潜江诗群"是一支接力劲旅所作的一次长途跋涉，前途自在心中，风景这边独好。

还有，此次的编辑体例是按作者姓氏音序排列的，意在避免模式化，而且在今后的诗选编辑中，作者排序还会有变化，无他，走入书中的诗人都是"潜江诗群"的一份子，不分先后，不计排名，唯一不可懈怠的是——赶路要紧。

黄明山